El inextricable

CASO
de la **BANDA** del

AUTOMÓVIL
GRIS

El inextricable CASO de la BANDA del AUTOMÓVIL GRIS

Juan José Rodríguez

Grijalbo

El papel utilizado para la impresión de este libro ha sido fabricado a partir de madera
procedente de bosques y plantaciones gestionadas con los más altos estándares ambientales,
garantizando una explotación de los recursos sostenible con el medio ambiente y beneficiosa para las personas.

El inextricable caso de La banda del automóvil gris, primer movimiento de la trilogía Tres momentos del mal
en la Revolución mexicana, fue realizado con el apoyo del Sistema Nacional de Creadores de Arte.
Las novelas sobre el general Rodolfo Fierro y el poeta José Juan Tablada son los siguientes.

El inextricable caso de La banda del automóvil gris

Primera edición: octubre, 2025

En memoria de Ignacio Trejo Fuentes y Arturo Trejo Villafuerte,
dos guardianes con quienes camino la Ciudad de México
en la noche.

No es el primer caso en la historia en que una banda de forajidos bien armados se impone, por toda una generación o varias, a toda una nación.
Dwight Morrow (1873-1931),
embajador de Estados Unidos en México
durante la Guerra Cristera

A balazos llegamos y con votos no nos sacarán.
Fidel Velázquez (1900-1997),
líder de la Confederación de Trabajadores
de México (1950-1997)

Carta pública
de Emiliano Zapata al presidente
Venustiano Carranza
1919

(Fragmento)

La Revolución se extiende y nuevos rebeldes aparecen cada día, en gran parte debido a los excesos y desmanes de jefes sin honor y carentes de todo escrúpulo, que, olvidando su carácter de guardianes del orden, son los primeros en trastornarlo con sus crímenes y sus actos de vandalismo. Esa soldadesca, en los campos, roba semilla, ganados y animales de labranza; en los poblados pequeños incendia o saquea los hogares de los humildes, y en las grandes poblaciones especula en mayor escala con los cereales y el ganado robados, comete asesinatos a la luz del día, asalta automóviles y efectúa plagios en la vía pública, a la hora de mayor circulación, en las principales avenidas. Y lleva su audacia hasta constituir temibles bandas de malhechores que allanan las ricas moradas, hacen acopio de alhajas y objetos preciosos, y organizan la industria del robo a la alta escuela y con procedimientos novísimos, como lo ha hecho ya la célebre mafia de El automóvil gris, cuyas feroces hazañas permanecen impunes hasta la fecha, por ser directores y principales cómplices personas allegadas a usted o de prominente posición en el ejército, hasta donde no puede llegar la acción de un gobierno que se dice representante de la legalidad y del orden.

PRIMERA PARTE

UN LANCIA TORPEDO
EN MÉXICO

Ciudad de México

—A ver, dígamelo usted, mi brillante reportero: ¿cuál es la relación entre los primeros cien años de don Juan Rulfo y el primer siglo del esclarecimiento del caso de La banda del automóvil gris? En esta redacción ya estamos hartos de centenarios. Ahítos, para usar la palabra justa. "Hasta la madre", diría un desocupado y agrio lector de estos tiempos... El primer siglo de la Revolución mexicana se celebró en 2010 y nadie quedó conforme: ni con los festejos, ni con las reflexiones, ni con la manera en que dejó a este desmadejado, triste país.

Don Joel Noriega sabía acomodar bien las palabras. La palabra desmadejado revelaba bastante de su opinión sobre aquello que otros llamamos patria o territorio nacional. La usaba mucho para hablar del estado de las cosas. Y la repetición de la frase "a ver" no se trataba de una muletilla: era la apertura del lente o una lupa y, a veces, un microscopio electrónico inclemente.

Se atusó su bigote alzado, que de tan arcaico acababa de ponerse de moda entre los jóvenes profesionistas triunfadores, y en él se veía demasiado juvenil; cara historiada por largas noches en redacciones, lecturas y francachelas.

—¿Cómo decía su amado Borges? A ver, recordemos, ¿por qué tanta obsesión por los números decimales? Centenarios, bicentenarios, santorales de bronce para héroes laicos, monumentos que parecen pisapapeles de la mesa del poder abstracto. ¡Cuántas cosas inventan los políticos para distraer a las almas sencillas y hacerlas pensar en aquello que desean sus amos invisibles! Me pregunto si el PRI le copió a su ancestral enemiga, la Iglesia católica, esa manera de llenar los ciclos del año con solemnidades para mantener a la gente ocupada. Somos un país de símbolos, de máscaras funerarias que brotan sonrientes del subsuelo volcánico a la menor provocación de fiesta y fuegos artificiales.

De un rincón de uno de sus cajones, sacó una calaverita montada en un caballo igual de esquelético, vestida como un jinete revolucionario que solo sacaba durante los días cercanos al Día de Muertos. Jugueteó con ella haciéndola cabalgar y la devolvió a su sitio.

—2023. Es el año del primer siglo de Pancho Villa y su crimen sigue levantando suspicacias; no dudo que eso nos sorprenda con más de una fumarola o erupción de lava profunda. A ver, ilumíneme con su propuesta. Si no me sorprende a mí, menos lo hará ante el hipócrita lector que vive feliz el genocidio cultural de las redes sociales. Su pluma debe encender verdades y despertar a esas almas agotadas por el lavado audiovisual de la tecnología y sus amos secretos. ¿Qué es lo quiere publicar este sábado en la primera plana de la sección cultural? ¿Qué noticia moderna nos entregará hoy la centenaria banda del automóvil gris?

—Es que esto es muy especial, don Joel. Revisé algunos documentos y descubrí que uno de los detenidos se llamaba Juan Preciado, el mismo nombre que el personaje de Pedro Páramo.

En el altero posterior dominaba una imagen de Juan Rulfo junto a un muy joven Joel Noriega, foto tomada en una librería del viejo Fondo de Cultura Económica, con el director don Arnaldo Orfila Reynal de perfil ante ellos. Confiaba en esa empatía para colar mi nota. Pero don Joel era demasiado astuto para dejarse seducir, usando yo su debilidad pública por el gran maestro de Jalisco.

—¿Se llama como el personaje de Pedro Páramo? ¿Es Juan Preciado o solo se llama Juan Preciado? Oiga, eso es una novela. Esto es periodismo cultural. Nos importa el aquí y el ahora. Los hechos duros. Mejor lleve su hipótesis a la Fundación Rulfo y, ya que sea noticia, me la trae de vuelta.

—Es demasiada la coincidencia para que no resulte un guiño de la historia. ¿Cuándo ha visto a algún otro Juan Preciado en una noticia nacional y, aparte, dentro del tiempo que le corresponde? Las fechas me funcionan: Pedro Páramo ocurre entre la Revolución y la Guerra Cristera. Juan Preciado pudo haber vivido una existencia sin rumbo a la par de esos acontecimientos, y luego, regresar arrastrando los pies a Comala a la muerte de su madre, derrotado por la vida y el mundo.

El bigote alado se movió sin necesidad de que Noriega acudiese al gesto de arriscárselo.

—Bueno, Preciado es un apellido muy común en esa región. Así como Garza abunda en Nuevo León o los García en España. Por eso Rulfo se lo adjudicó a ese personaje que representa al hombre común, abrumado por un pasado feudal repentino. Es como llamarse Juan Pérez, nombre de don Juan Rulfo: Juan Nepomuceno Pérez Rulfo Vizcaíno. Ahora bien, al inicio de la novela no está claro si a Juan Preciado lo mataron los murmullos o si ya está muerto al llegar a Comala y, lo que leemos como historia, es su delirio antes de darse cuenta de su nueva condición de alma en pena.

—Pedro Páramo tiene mucho de autobiográfico. El nombre es un simbolismo de una tierra dura y de la orfandad, dos temas caros al autor. El personaje se apellida Preciado y nadie lo quiere, por eso se va a Comala. ¿Hacemos una nómina de los que ahí aparecen?

—Lo correcto sería *nomenclatura*, recuerde que soy su editor y corrector. Busquemos siempre la palabra más justa... Hábleme a mí como si estuviese redactando una nota. El ingenio debe estar siempre activo porque se pierde. Nuestros lectores son gente que rápido se aburre y cambia de página.

—¿Nómina no significa lista de nombres? —Su ojo turquesa me avisó que me adentraba en aguas peligrosas al tratar de corregirlo, así que comencé a hablar de Rulfo; los viejos son felices si uno se queda en sus temas o se les mantiene en el pasado con la conversación—. Bueno, quién soy yo para corregir a mi editor.

Satisfecho con mi reconocimiento, retomó su tono anterior.

—Bien. Veamos los nombres de la obra de Rulfo con ojo simbólico. Vamos a ver. ¿Me explico bien o le hago un dibujo?

Hizo a un lado su taza de café frío y sacó de su cajón una botella metálica de la que manó un *whisky* con generoso brillo dorado. Comenzaba una buena charla. Esa era la señal: el fuego domesticado del escocés en su nicho de cristal cumplía con su compromiso. Y como siempre, el editor blandió su pluma.

Con su diminuta Montblanc edición Mozart, don Joel Noriega dibujó una sagaz roca entre guijarros.

—El patriarca, Pedro Páramo: piedra y páramo.

—La madre de Juan, víctima de un ortodoxo patriarcado, se llama Dolores Preciado... Su vida fueron puros dolores junto a este señor feudal de inicios del siglo xx —dice don Joel.

Ahora trazó junto a la roca la silueta rígida de un campesino.

Dos campesinos.

Tres campesinos.

Al iniciar el cuarto, prosiguió con su didáctica.

—Abundio, el hijo natural de Pedro, a quien Juan Preciado se encuentra al tornar a su pueblo, se llama así porque todos abundan.

Obediente, su pluma hizo fluir olanes de tinta, nimbos de madonas, y efectuó en el papel la advocación de una figura religiosa, femenina, misteriosa, encima de todo lo anterior trazado por él.

—Susana San Juan: un apellido de un santo para "una mujer que no era de este mundo". Así la describe el propio don Juan.

Ahora, óvalos y líneas entrecortadas, sin forma, muescas en una nube de chispazos.

—El nombre más forzado es el de Eduviges Dyada. Busca en el diccionario y verás que también tiene una carga cultural ese apellido, que no es para nada común en Los Altos o llanos de Jalisco. Ni en todo el territorio nacional.

La silueta de una bruja emergió de la masa de trazos con un magistral golpe de pluma que la dotó de ojos de fuego y nariz ganchuda.

—Volvamos al automóvil gris. ¿Cuál será el interés para el lector moderno de meterse a leer una historia sobre una carcachita loca que hace maldades a las odiosas y enriquecidas familias porfirianas? Es más noticia la camioneta blindada que apareció hoy en Santa Fe con tres cadáveres y una mujer desfigurada.

—Pues plantear, con un juego de paralelismos, la manera como ha cambiado el país... O la forma en que, en el fondo, no hemos cambiado en nada. Solo las formas. Lo esencial es invisible, solo con el rastro del dinero se puede ver mejor.

—Está bien. Mejor le reservo media plana de nota roja del pasado para el suplemento cultural del domingo, antes de que nos los desaparezcan... Eso de que los diarios solo publiquen noticias verificadas, porque es lo único con lo que pueden competir con las redes sociales, nos tiene ya sin suplementos. Eterna crisis siempre ha sido y será el periodismo.

—Y por eso no se les paga a tiempo a los colaboradores...

Don Joel ignoró mi indirecta y siguió charlando como quien oye llover, inmerso en visualizar la nota antes de que estuviera escrita.

—Vaya y tráigame el inicio de esta historia. ¿Sabe usted dónde comenzó todo? Antes de La banda del automóvil gris, nadie robaba a los ricos en las ciudades. Solo criados enfurecidos, peones armados a caballo y los ladrones de caja fuerte se atrevían a hacerlo. La Ciudad de México era tranquila con sus avenidas vienesas, el Jockey Club y el Hipódromo de la Condesa, y solo los pobres se mataban entre ellos en sus catacumbas a cielo abierto; aunque, de vez en cuando, se daba un buen crimen pasional aquí en las afueras, tipo Tigre de Santa Julia, hoy alcaldía Miguel Hidalgo... Averígüeme quién inició esa tradición de la delincuencia modernizada y motorizada en México y le publicaré con gusto el artículo. Seguramente fue ese automóvil gris, pero ratifíquelo. Para leyendas rulfianas, Juan Rulfo ya lo dijo todo y después eligió el silencio. Respetémoselo. La literatura rural de esa época ya tiene su sitio, pasemos a las ciudades en el revoltijo revolucionario. Haga usted su propia leyenda o descubra la verdad. ¿Me entendió o le hago otro dibujo?

En un silencio similar me retiré. Decidí que nuestra siguiente comunicación sería por letra impresa, con el texto ya hecho. Así lo prefería mi jefe de redacción. Tendría que ganármelo a golpes de maquinazos, tundiendo teclas...

No debo olvidar que soy una gloria del periodismo de provincia probándose apenas en las aguas bravas de la honrosa prensa nacional. Demasiado hice allá lo que me venía en gana y el director me consintió mucho. Estoy siguiendo los pasos de mi bisabuelo, que intentó hacerlo hace 100 años, en 1919, al venirse a ser escritor y periodista en la *gran ciudad* y ni siquiera él estuvo seguro del resultado. Mi bisabuelo, el tribuno revolucionario, gracias a cuya sombra de gloria entramos todos los miembros de mi familia a las letras, a la política y a la cómoda burocracia del poder. Hoy, por primera vez, a lo desconocido.

Aquella noche, en casa de la tía Balvina, pensé mucho en Francisco Versolari, ese neblinoso bisabuelo que nos dio cierta prosapia, sobre todo a los hijos y nietos que supieron aprovechar durante el siglo XX la bendición de tener un antepasado intelectual, revolucionario y, además, uno de los padres fundadores del sistema político reinante.

Los gobiernos del tan repetido Partido Revolucionario Institucional, el PRI, fueron una chapa de identidad que les abrió las puertas a mis parientes, quienes jamás dejaron de mencionarlo en discursos o simples charlas de café, con tanta asiduidad y certeza, que daban la impresión de haberlo conocido bien. Aun con sus veleidades con el autoritarismo, mi bisabuelo y sus descendientes pertenecieron a algo que se llamó "el ala izquierda del PRI" y se movieron entre una marea positiva de líderes progresistas, no del todo ajena a los ideales revolucionarios y a los pecados de la clase política de su tiempo. Esto llegó al grado de que la cuarta generación de mi familia volteó a la izquierda y se conmocionó en los años ochenta, llegando a contender en contra del candidato Salinas de Gortari y, luego, a marchar en las calles y plazas en vociferante negación a su pasado oficial. Alguien justificó ese pasado oficialista con un postulado simple: aquella era la única forma posible de hacer política. La otra era sumirse en la clandestinidad del comunismo callejero o tolerar a la entonces muy pasiva y hermética derecha empresarial.

La casa de la tía Balvina era de ella y nadie. A fines de los sesenta, allá en un puerto de Mazatlán sin universidades ni licenciaturas, los abuelos decidieron mandar a sus hijos a estudiar a la metrópoli, al Instituto Politécnico. Primero enviaron al primogénito, que era bueno para los números, y ya estando allá se encontró con paisanos y parientes antes no frecuentados que le ayudaron; hizo su vida con ellos y, cuando el siguiente hermano acarició la idea de migrar a estudiar administración, mis abuelos decidieron venirse unas semanas a la, ahora, Ciudad de México para a instalarlos y apoyarlos en su despegue a la vida en la capital. Resultó que la casa de asistencia en la que ellos iban a quedarse estaba en renta; bueno, el negocio, no la propiedad, y antes de pensarlo mucho, decidieron asumir el control de ese sitio ubicado frente al parque James Sullivan. Podrían pagar la renta, hospedar a sus hijos, dejar a los otros estudiantes ya abonados y recibir a otros sinaloenses varados en el rumbo. La abuela, de edad media entonces, podría encargarse de la cocina, apoyarse con la señora que vivía ahí con una hija y un viejo en silla de ruedas en la azotea. Por su parte, mi inquieto abuelo, a su vez un personaje de otro tiempo, podría resolver las reparaciones menores de plomería y albañilería, fungiendo además como la firme autoridad en ese recinto lleno de jovencitos contagiados por la marea del 68 y el sueño de ser un Che Guevara, o, al menos, un Jean Paul Sartre de cubículo y jubilación académica.

Lo que avizoraba ser una estancia de unas semanas resultó una prolongación de varios años, en los que ellos iban y venían a Mazatlán, donde la casa se convirtió en una extensión de la vida en el puerto, hasta que, una década después, dejó de ser negocio porque a los inquilinos, al ser la mayoría parientes, ya no se les podía cobrar alto y menos exigirles cubrir o al menos abonar las deudas. Una crisis matrimonial entre los abuelos pudo sanarse con gran discreción y diplomacia viviendo a cautelosos intervalos en las diferentes ciudades, reuniéndose con motivos de fiestas, funerales y graduaciones. Ambos se hicieron más viejos en ese tiempo y, sanados de sus rencillas, cumplida su misión educativa, prefirieron reconciliarse, volver a sus raíces geográficas, y dejaron a la tía Balvina quedarse con el problema de la casa de asistencia en una capital donde ya no se reconocían entre tantos automóviles, puentes peatonales y la ausencia de faroles y tranvías.

El último de sus hijos quedó solo con esa tía. Estudiaba su carrera en la UNAM —fue el único que no asistió al Politécnico, para escándalo de sus tecnificados hermanos— y no tuvo problemas con esa soledad porque era el más vivo y más jipi; había cursado el bachillerato en la gran ciudad, tenía más presencia chilanga y prefirió irse con sus amigos a un departamentucho de estudiantes, en vez de padecer a la neurótica tía. Esa sí resultó muy buena para cobrarle a los inquilinos, aunque fuesen consanguíneos o hijos nacidos de la mala vida de otros antecesores en el sitio. Era tan natural entonces ser muy hombre y tener un hijo natural.

Ese hijo menor que quedó solitario era mi padre. Y yo, al venirme a México en 2019, no tuve el obstáculo de aterrizar en esa vieja casa, con una tía Balvina, ya dulcificada, y una sobrina ahijada arquitecta, que dejó el sitio convertido en un *loft* con estudio, muy a lo hípster *style* con espacios para yoga y con un tubo en la sala para el *pole dance* con las amigas.

No está claro si la tía compró la casa, pero sí que mi abuelo se quejaba de que nunca recuperó lo invertido en el sitio, cuando su plan original había sido radicarse en la Ciudad de México en los años sesenta… Para desgracia de muchos, o bien de los pocos migrantes, un primo segundo era cercano a un gobernador sinaloense, y en los años ochenta todos volvieron a su bronco estado a ocupar diferentes puestos administrativos, en los que sus relaciones en la ciudad fueron claves, formando simbiosis con las maniobras del primo que se quedó a ejercer la grilla estatal, y a quien le urgía colaboradores que al menos conociesen la ciudad, los usos y costumbres de la política mexicana, y no lo traicionasen en el camino.

Al final, el abuelo pudo morir viendo a sus hijos bien colocados, aunque no de la manera que él había esperado en aquel remoto momento en que tomó la decisión de irse a una ciudad a la que no comprendía, a dedicarse a la humillante labor de hostelero y pastor de jovenzuelos de greña larga que criticaban al mismo gobierno que tanto les daba. Ojalá él hubiera tenido la oportunidad de acabar la primaria y el acceso a un Seguro Social para no ver morir de enfermedad a tantos de sus hermanos. Pero por los hijos todos los sacrificios eran válidos, y se resignó a que su familia dejara de dedicarse al noble sector privado para moverse ahora con éxito como parásitos del cochino gobierno. La Revolución los premió y alcanzó para todos.

Esa noche, mi prima María Inés me mostró los escritos del bisabuelo que nunca se habían publicado ni expurgado. Sospecho que ese olvido fue porque estaban orlados por el título de *Diarios* y eso inspiraba algo de respeto, además de ser simples "papeles viejos que a nadie le sirven". A diferencia de los franceses, nuestros autores y personajes políticos no fueron entregados diaristas y, algunos textos que circularon impresos, más bien fueron puestas al día posteriores para demostrar que siempre tuvieron la razón, sin poder evitar que luego afloraran contradicciones al mencionarse hechos o ideas que aún no concurrían en su universo tangible. Mi bisabuelo no publicó sus diarios porque detestaba a Federico Gamboa, quien mandó a imprenta los suyos cual si fuera émulo de Denis de Rougemont o de los hermanos Goncourt, tan invocados por José Juan Tablada.

La palabra "Diarios" en la primera página, con su firma de trazo firme, sospecho que intimidó a sus herederos para no publicarlo y no hojear sus cincuenta páginas vertidas en la máquina de escribir Remington. ¿No habría captado, como Max Brod con su amigo Kafka o los cortesanos de Virgilio, que esa era una indirecta de oficiar lo contrario?

Inicié la lectura, asustado de ver cómo su vida era similar a la mía, cien años antes. Además, el tema me interesaba porque no hay personaje familiar más desleído y fantasmal que un bisabuelo. Si yo llegara a tener hijos, mis nietos jamás tomarían conciencia de quién fue mi bisabuelo, salvo que rescatara sus escritos y alguna foto patriarcal. He aquí el inicio de su historia que asemeja ser la mía.

Del *Diario* de Francisco Versolari

Vine a la Ciudad de México en 1917, siguiendo el ejemplo de un viejo y extraño amigo de mi puerto, el *repórter* y poeta Amado Nervo. *Repórter.* Así se decía antes. Un ejemplo similar es la palabra *sportman*, que se usaba para definir a un deportista, y con ese término abarcaban hasta Ignacio de la Torre y Mier, que llamaba a su colección de sillas de montar "mi biblioteca".

En una velada de Año Nuevo, a fines del siglo XIX, Amado me dijo que viniésemos a probar suerte en la capital. No le hice caso, él marchó solo y desde mi provincia vi que le fue bien, excelente. A lo largo de mi existencia me pregunté si esa decisión de permanecer entre mis raíces y a la sombra de mi árbol genealógico no había sido una forma de indecisión. Como mi futuro amigo Carlos Pellicer, a la sombra de una ceiba y recostado ante un torrente diluvial, prefería ver tranquilo desde aquí el estruendo de la vida y no acercarme a la pira de sacrificios del centro del país.

Años después que Nervo, huyó también de mi ciudad el poeta médico Enrique González Martínez. Me replicó un mensaje similar y preferí quedarme corrigiendo galeras en *El Correo de la Tarde.* Al doctor le fue bien y muy mal, quedó atrapado en la maraña contrarrevolucionaria como también otro de mis compañeros del periodismo tropical, el poeta José Juan Tablada, sobrino de mis amigos Acuña, rancheros del norte de Mazatlán... Ese no me invitó a irme con él porque se fue casi huyendo del puerto. Tres personas cercanas a mi mundo encontraron rápido un sitio al tomar ese camino —¿o su sitio?— en las letras y la vida pública nacional. Y yo, ¿qué estaba esperando? Hasta los campesinos mazatlecos que eran arrieros y mozos de cuadra, que se marcharon con Rafael Buelna, entraron a Palacio Nacional junto con él, Villa y Emiliano Zapata. Durante ese lapso seguí en mi ciudad afilando plumas, tomando cerveza alemana por las tardes y té de manzanilla al doblar las doce de la noche.

Las fugas de Mazatlán de Amado Nervo y Enrique González Martínez me provocaron ese hondo acto de conciencia. Bueno, ¿a todos los que trabajan en este mismo lugar —sea Mazatlán o *El Correo de la Tarde*—, y se van a la capital, les va bien? ¿Por qué no a mí? ¿Qué me espera en esta periferia del mundo?

Convencido de no ser menos hábil para el periodismo que ellos, y con la certeza de ser mejor en el trato de salón y la relación con los hombres del poder —fui escribano de varios prefectos políticos—, decidí largarme a una metrópoli donde al parecer se estaban calmando las aguas. Una nueva constitución circulaba en letras de imprenta y un gobierno medianamente establecido y reconocido por los gringos se abría paso y, vale que lo diga, estaba necesitado de gente como yo. Alguien ajeno a la red covachuelar de burocracia y compromisos con los directores de periódicos, jefes políticos y generales alzados al poder por el humo de sus pistolas. Y, no pocas veces, el puro humo.

Sixto Osuna, mi amigo, poeta mayor que yo y más cercano a los anteriores, había rehusado irse a la gran ciudad y llevaba una vida tranquila, entre el periodismo y una sociedad que veía bien a los poetas como heraldos de la cultura y el orden civil. Él me impelía a quedarme y evitar esa vida de zozobra, a dejarme impulsar por el son del corazón y con sangre devota al infalible dios de la poesía. Iba a morir de hambre o de enfermedades de la pobreza en una ciudad sin familiares y amigos cercanos. En su último viaje a Guadalajara, me contó, el tren avanzaba por los llanos de Ameca y se veían zopilotes y hombres colgados en los postes telegráficos, mientras una epidemia de difteria se llevaba a todos los niños. Solo en la capital existían progreso y respeto.

Por unos viajeros de otro tren, me animé a largarme de este progresista puerto de altura. *Progresista* era una palabra puesta de moda por el positivismo francés y se aplicaba lo mismo para el acto de tocar el piano o civilizar a sangre y fuego una región desconocida de África. Una familia viajera arribó a la casa vecina a la mía. Llegaron de El Rosario, en el sur de Sinaloa. El señor se me presentó como *de oficio filarmónico* y lo vi sentado en la acera, bromeando con otros dos señores de mi calle que no conocía y con quienes hablaba de las bondades de un novedoso tipo de acordeón. Su familiaridad me sembró la preocupación de que me confundiese con algún posible comprador que aguardaran, ya que no interrumpió su charla y me incluyó como a un contertulio más; uno de ellos, un anciano con quien jamás charlaba, me presentó como Francisco Versolari, hijo del profesor Herminio Versolari, y al instante siguió su chispeante charla sobre el acordeón y los romances y dramas azuzados por su música durante una estancia de su propietario en el territorio de Tepic. En ese momento, el llanto de un bebé alumbrando tras la ventana hizo que todos se pusieran de pie a darle un abrazo al filarmónico errante, y este dejó la charla para recibir la salva de felicitaciones, sin faltar la mía. Entendí que todos estaban siendo positivos, sin haber leído a Comte, durante una callada y quizás dura espera del momento en que me tocó llegar y presenciar. Había nacido un bebé.

Esa familia había arribado a una ciudad nueva, dando a luz a un hijo, y no se veían preocupados. ¿Por qué no podría hacer yo lo mismo, aprovechando el no tener la presión de una familia, e irme a la capital? ¿O el asunto funcionaba a la inversa y aún no lo sabía? Ese día confirmé mi decisión. Me preguntaron sobre mi futuro y más me sorprendió mi seguridad al anunciar que la semana próxima me marcharía a trabajar con Genaro Estrada y Enrique

González Martínez a la Ciudad de México. Ya se estaba pacificando el país, y los crímenes y robos en sus calles pronto serían cosa del pasado. Era el 18 de noviembre y desde el 5 de febrero teníamos una nueva constitución. Ni siquiera se hablaba de aquel famoso automóvil gris que tantas desgracias provocaba en la Ciudad de México, peor que los bandidos de Río Frío o la gavilla de los Hermanos de la Hoja, que tantas novelerías habían inspirado.

Descubro algo nodal: los diarios que habían sido publicados antes en un libro oportunista son más vagos en cuanto a ciertos acontecimientos, mientras que los de casa de tía Balvina revelan más una obsesión de bitácora; como si darles orden a los acontecimientos fuera una forma suya de aquel joven, culto y provinciano en la gran ciudad, de clarificarse el caos político y social. Sí, aunque no tan joven. Para esa etapa de la humanidad, de vidas más cortas y violentas, la treintena no era una elongación descontrolada de la juventud y la soltería, como hoy en día. La representación verbal de la realidad nos ayudaba a entenderla o forjar un asidero ante lo inexplicable. Ahí tenías razón, bisabuelo.

Entendí la necesidad del editor de concentrar los hechos, resumir, concretar, etcétera, mas yo, como cronista, noto en el manuscrito original más información interesante, reveladora del tiempo y la época. Lo que acabo de leer me dice que partió a la Ciudad de México en 1917, pero hay otras secciones del diario que revelan una estancia anterior, durante la zozobra de los meses en que el general Huerta traicionó a Madero, interrumpiendo la Revolución que algunos creían ya pausada por el propio Madero. ¿Eso es novela o realidad? ¿Fue una visita de unos días breves o mi antepasado buscó borrar veleidades o acciones suyas con los contrarrevolucionarios? Los severos críticos contemporáneos no captaremos jamás el estado de confusión de esos días, así como Juana de Arco nunca supo que era parte importante de la Guerra de los Cien Años.

El estilo varía dramáticamente. Aparenta a ratos una escritura realizada en diferentes momentos: ciertos registros suenan como diario personal, a mano alzada; otros son fichas tipo apuntes notariales y, en las páginas que redactó mi bisabuelo en su posible madurez, asumen un tono mesurado y general, sin mencionar tantos nombres, fechas e ideas del momento. Me atrevo a pensar que se trataba de hojas de un diario real, entremezcladas con un fatal intento de novela. ¿O será un *falaz intento de novela* la definición correcta? Imposible saberlo. No encuentro ilación.

Mi bisabuelo, intelectual revolucionario y jurisconsulto soñador, aparenta aquí haber acariciado subirse al entonces prestigioso carro de la novela de la Revolución mexicana. La mitad de la literatura y la historia del siglo xx mexicano están infestadas de libros de exmilitares o políticos que narran su versión de los hechos, al grado de que Jorge Ibargüengoitia los parodió en *Los relámpagos de agosto*… Me pregunto si no se reducirá todo a que alguien recogió sus papeles de un desván y los arrojó en una carpeta en desorden, arrepintiéndose de último momento de relegarlos al cesto de la basura… ese insobornable cómplice de los escritores y feroz consejero para los políticos y los historiadores.

Aunque don Joel Noriega me dijo que dejara el tema de esa banda hasta no confirmar bien su hipótesis de magma generador de la delincuencia policial urbana, decidí retomarlo en mi columna de manera trasvasada, transversal, en busca de la transverdad. La historia del Pifas, descubierta a través de las rodadas de aquel famoso automóvil gris, merecía rescatarse. Acatar el llamado de toda buena historia es la misión de cualquier periodista y escritor, así que me dejé llevar por los acontecimientos y los descubrimientos.

El Pifas y su gran hazaña bancaria

Por el reportero Shane

Era el mejor abridor de cajas fuertes y bóvedas de seguridad en México y, quizás, del resto de América. No pudo demostrarlo en el periodo de libertad e impunidad que gozó porque ese tipo de récords no son fiables, menos en el abrumador México de inicios del siglo XX: ese desfile de atropellos en nombre de la ley y actos de justicia real sin protocolo que se mantuvo antes, durante y después de la Revolución. Amador Bustínzar, alias el Pifas, se consagró como el más excelso de los delincuentes de su categoría, realizando su obra maestra mientras purgaba su condena en prisión. ¿Quién dijo que la vida de alguien inteligente termina cuando recala en una celda?

La bóveda del Banco Nacional de México, santo grial de los delincuentes de cuello blanco y guantes de gamuza, bastión del oro macizo y plata, esa plata que desde los amaneceres virreinales alumbró candelabros en fincas porfirianas, casullas arzobispales o las vestimentas de los bandidos de Río Frío. Más acariciada que la gruta de Alí Babá y los cuarenta asociados era esa caverna metalizada. Tecnología de fundición alemana, concebida y ensamblada por la empresa Maschinenfabrik Augsburg-Nürnberg, la misma progenitora de los futuros tanques de guerra Panzer. Ante su puerta inamovible, Bustínzar se graduó como el máximo artífice del hampa con manos de seda.

Cuenta la leyenda recopilada por el general Higinio Granda que, en una ocasión, el cajero mayor del Banco Nacional de México se quedó encerrado en la bóveda principal. El gran problema fue que solo él sabía de la combinación de dicha compuerta de acero forjado. El señor cajero corría peligro de deshidratarse. Otra teoría afirma que sí existía una copia, pero una inoportuna mancha impedía detectar la cifra clave. Malicioso, un escribiente recién degradado comentó que el cajero mismo había colocado esa mancha para mantener el control total del área y asegurar su chamba.

Los enviados de la casa Mosler se rindieron ante el titánico desafío. Pasaban las horas y se veía remoto el momento de abrir las compuertas. Alguien se acordó del Pifas, que se encontraba enclaustrado en la cárcel de Belén y, al amparo de la solícita manera en que los mexicanos pueden agilizar los trámites oficiales cuando se quiere, al instante fue trasladado al recinto con una atónita escolta militar.

Maravillado, el hombre inició su ritual y con unos cuantos pases mágicos pudo abrir la puerta de hierro para que saliera pálido y sudoroso el señor cajero. Testigos afirman que hubo un tímido comienzo de aplauso, aplauso que no duró mucho: aquellas personas no olvidaban tan fácilmente que era un delincuente, indigno de ovación, por secreta, mínima y merecida que fuese.

¿Cómo lo logró tan fácil? ¿De qué forma pudo hacerlo? Este no es el típico chiste del personaje que abre una caja fuerte por el procedimiento de jalar la manivela luego de que el propietario decide dejarla abierta para engañar a los saqueadores. La combinación numérica tampoco era 1234 o 1111.

Miró el dial y vio que los números iban de 0 a 60. Así que pensó: 20-40-60. "La combinación típica de un candado de clave: tres vueltas en dirección de las manecillas del reloj (20), dos vueltas en dirección contraria (40), una en dirección de las manecillas del reloj (60) y luego giraré la manilla"... Y así fue como abrió. Siguió aquellos movimientos varias veces, pero sin tratar de abrirla, regodeándose como sus dedos entrenados percibían tronar los secretos candados, así como los cerrajeros que pueden abrir una combinación rápido, pero que se demoran a propósito para que el cliente crea que fue una empresa más difícil. Puso la clave una vez más, probó el asa y se le abrieron las puertas del cielo. "Voilà!", dijo a sus afrancesados espectadores.

"Las probabilidades de que el Pifas adivinara la combinación correcta eran muy bajas", señala Jeffrey Rosenthal, de la Universidad de Toronto y autor de *Knock on Wood: Luck, Chance, and the Meaning of Everything* (Tocar madera: suerte, azar y el significado de todo), a quien consulté vía internet para saber más del asunto. Calculó la probabilidad de adivinar la clave correcta de 1 en 216,000 (ese cálculo supone que los números de la caja fuerte, en efecto, van de 1 hasta 60). Sin embargo, señaló que algunas cerraduras de combinación permiten un poco de flexibilidad y que esta tenía un margen de tres dígitos, por lo que las probabilidades serían de 1 en 8,000, "que siguen siendo bajas", dijo Rosenthal. "El hecho de que la combinación seguía un patrón específico, y que no parecía ser una mezcla de números al azar, también pudo ser un factor en el cálculo de las probabilidades", concluyó.

El Pifas fue devuelto a la cárcel y escapó de ella en la fuga masiva de 1913, durante el inicio de la Decena Trágica. Con él iban los miembros de la futura y famosa banda del automóvil gris. Uno de ellos era Higinio Granda, el único en escapar de su captura y a quien debemos esta pequeña anécdota ¿Cómo le hizo para huir en esa fuga? Esa sí que es otra historia. Higinio Granda, poco conocido por los textos escolares, es el español más pintoresco y hábil de los que tomaron parte en la Revolución mexicana. Y todo apunta a que reclutó al Pifas como un miembro más a esa que sería la primera gavilla con poder político de respaldo para poder actuar impune en el marco urbano de la gran capital. La historia delincuencial del siglo xx en México iniciaría a bordo de un automóvil gris.

La sombra del Cadillac

Llego a mi escritorio y me dicen que pase con don Joel. Desea hablar conmigo sobre mi artículo del ladrón de cajas fuertes. De seguro un regaño me espera. Un texto publicado sin dárselo a leer porque se lo entregué demasiado tarde —a propósito— al editor de guardia, en vez de a él, como debía de ser, antes de las nueve de la noche.

Café y *whisky* servidos. No lucía el rostro agrio que imaginaba.

—Veo que usted insiste en esa banda de maleantes motorizados. Brillante investigación, sin excluir la ley de probabilidades. ¿Y de veras le escribió a ese experto canadiense? ¿O lo eligió porque prefiere a los canadienses que a los siempre sabios gringos, nuestros enemigos ancestrales?

—La verdad, lo tomé de internet.

—Escríbame del objeto, del automóvil. A la fecha hay una adoración por los vehículos, herencia de nuestra cercanía con los Estados Unidos y la cultura de las grandes carreteras de la América salvaje.

—Aquí tengo mis apuntes.

—Léalos en voz alta. Es sano hacer ese ejercicio para detectar nuestras inflexiones mentales y no dejar frases largas.

—Bullía en ese tiempo una admiración general a esa nueva forma de locomoción. Era algo que comenzaba a ser de uso común, sin dejar de tratarse de un lujo. Por ejemplo, los gobernadores se reunían en el Automóvil Club, heredero indirecto del Jockey Club. La rendición de la Ciudad de México se firmó en el guardafangos de un automóvil. Porfirito

Díaz *junior* fue corredor de carreras en Biarritz, en un vehículo que parecía más un barril hinchado con ruedas de bicicleta. El archiduque Francisco Fernando de Austria fue el primero en motorizar las unidades de caballería del ejército austrohúngaro y encontró la muerte sobre un automóvil, por cierto, muy parecido al automóvil gris mexicano.

»Ahora se sabe que la devota de los transportes automotores fue la mujer del archiduque, y, a su muerte, entre sus objetos favoritos, se encontró un pendiente con joyas con la silueta de un automovilito, sin capota, con piedras preciosas en vez de ruedas y faros, muy similar al mismo donde ella y su esposo encontrarían la muerte en Sarajevo, ante las balas de Gavrilo Princip, un estudiante que padecía de mala puntería y que, para su sorpresa y azoro del resto mundo y la historia, se topó con ellos al salir de un café, dando por fracasado el atentado. Semanas después iniciaría la Primera Guerra Mundial. Ahí morirían más alemanes, franceses e ingleses que en toda la Segunda Guerra Mundial.

»Francia sudó tan frío que, al término del conflicto, hasta apuró al Vaticano a santificar a una figura religiosa del pasado medieval, algo problemática, pero muy guerrera y femenina como Francia, la hija mayor de la Iglesia católica: Juana de Arco. Esta fue la primera guerra motorizada, aunque se estancó casi de inmediato en las trincheras… Para salvar la primera batalla de Marne se enviaron soldados de urgencia a bordo de todos los taxis que la policía pudo requisar. Cuanto marchaba en cuatro ruedas y con carburante para los hombres de cultura bélica.

—Su texto comienza a divagar con la primera guerra, pero continúe. Quiero ver hasta dónde llega. El ocupado lector de ahora ya hubiera cambiado de página o abierto otro cuadro de diálogo.

—La Gran Guerra. Luego Primera Guerra Mundial. Los historiadores del siglo XXI intentan acuñar que en realidad las dos guerras mundiales fueron una sola con una tregua, donde todos peleaban contra Alemania y sus aliados del momento. Pueden tener éxito en esa clasificación. La Guerra de los cien años duró más de un siglo. "Esa lejana guerra europea", como le decían en los Estados Unidos en el momento en el que no deseaban inmiscuirse, influyó en el desenlace de la Revolución cuando el presidente Wilson descubrió que los alemanes comenzaban a fijar sus bigotes en México y a mandarle armas en el vapor Ipiranga... a bordo del cual partió antes Porfirio Díaz al exilio. México tenía una próspera e influyente colonia alemana.

Miré a mi editor y vi que no pestañeaba, por lo que seguí leyendo.

—Para André Gide, todo sería "aquel largo túnel de sangre y oscuridad". Malraux definió la guerra en el desierto de T. E. Lawrence como "una tempestad de arena gobernada por fantasmas". ¿Ningún escritor o ensayista mexicano tuvo inspiración similar para definir a la Revolución mexicana en una sola frase de ese calibre de poesía? Los escritores mexicanos de la primera etapa tenían gran influencia de estos dos pilares de la literatura francesa, hoy ya no muy leídos. Octavio Paz reveló que la adhesión de Malraux al marxismo le impactó mucho, y pocos se han dado cuenta de que en el resto de su vida trató de ser una figura de la cultura mexicana como lo fue Malraux durante la era de Gaulle, el último rey de Francia. Por allá, en los cincuenta, se dijo que la Revolución se bajó del caballo para subirse al Cadillac... tiempo antes de que el proteccionismo económico de México prohibiese por décadas la importación de ese vehículo. En los conflictos por la falta de democracia, alguien del gobierno sostuvo que "a balazos llegamos y a balazos nos iremos". La moral en la política es solo un árbol que da moras.

»Harry Patch, el último soldado que combatió en las cenagosas trincheras de Francia y que murió en el 2009, consideraba la Guerra una "disputa familiar": el rey Jorge V de Inglaterra era primo hermano del zar Nicolás II y del káiser Guillermo II. Un pleito de familia que terminó mal; y todos perdieron su poder, incluso Inglaterra... Nadie quería esa guerra nacida de un conflicto interno entre Serbia y el asfixiado Imperio austrohúngaro y, cien años después, el mapa de Europa en esa zona ha vuelto a verse similar, ya sin la gran Yugoslavia, que era el sueño de Gavrilo Princip, vuelto realidad por el mariscal Tito y los soviéticos, para ser aniquilado por diferencias étnicas y culturales en la pesadilla de Kosovo. El polvorín de Europa han sido los Balcanes. Aquí en México, el PRI eliminó esos "pleitos de la familia revolucionaria" que provocaban cuartelazos, asonadas, pero jamás concretaron por fortuna un golpe de Estado. Solo quien se movía no salía en la foto.

Ahí, sin ninguna duda o aviso, don Joel me interrumpió:

—¿Ya se leyó *La sombra del caudillo* de Martín Luis Guzmán? Él fue uno de nuestros mejores prosistas y de los primeros en novelar la corrupción de los generales y escribanos que llegaron al poder.

—No me es muy simpático ese señor. Estoy enterado de que, en la masacre estudiantil de 1968, fue de las voces que justificaron las acciones de su jefe, el presidente Díaz Ordaz y su secretario de Gobernación, Luis Echeverría Álvarez.

—Entiendo y comparto su resquemor. Tampoco el comunista André Malraux entendió a los chicos del 68 francés. Por eso es menester saber separar al autor de sus declaraciones políticas, como hemos sabido hacerlo con Borges, aunque aquel nunca fue funcionario de alto nivel de un gobierno bajo sospecha. Los primeros tres capítulos de esa novela transcurren a bordo de un Cadillac. ¿Lo sabía?

—Tengo *La sombra del caudillo* muy desdibujada. Vi la película cuando estudiaba periodismo, y el gobierno, que la tuvo censurada por décadas, dejó que se exhibiera. La padecimos en un aula, con un televisor gigante y una videocasetera que entonces era lo máximo y sentimos también lo máximo al violar la cancelación. Un fruto prohibido ver una cinta enlatada por órdenes de varios gobiernos. Aun así, eso no me ganó simpatía hacia don Martín Luis.

—Acérquese de inmediato con ojos modernos a ese libro. La banda del automóvil gris no es nada contra La banda del Cadillac. Desde la primera página de *La sombra del caudillo* vemos al Cadillac en movimiento, con dos políticos efectuando acuerdos a bordo: un general y un civil, y, finalizado el protocolo, el general trepa a una dama, sigue en sus paseos y hasta nos damos cuenta de que en el Zócalo ya existían prostitutas motorizadas, pero ellas se movían en Ford. La revolución triunfante lo hacía solo en Cadillac. Unas vendían su cuerpo y otros, su credo y su idealismo. Estaban a favor de la democracia, el reparto de tierras y en contra de la corrupción, pero cuando llegaron al poder, ese grupo que tuvo la suerte y la prestancia militar para irrumpir hizo todo lo contrario a lo que públicamente le daba aliciente, creando caciques en cada estado y volviendo la cleptocracia una forma de vida.

La forma en que mueve el lápiz me da a entender que mi largo texto no ha pasado su prueba.

—Su banda del automóvil gris fue la primera manifestación y la más agreste de esa ambición cobijada en la cercanía al poder y las apariencias. Conviértalo en un ensayo sobre el automóvil en la historia y que se publique junto a una página de publicidad de agencia de vehículos.

Vuelve a mirar hacia arriba y continúa, como hablando consigo mismo.

—Pero no todo fue latrocinio en nuestra historia. Al menos nos quedó una constitución y se modificaron los poderes, dando un equilibrio y reparto de la riqueza distinto, aunque no el mejor. Vaya, en no pocos países sudamericanos donde no hubo "Revolución mexicana" solo verá gente de tez blanca hasta en los cargos más ínfimos de la burocracia; variopinto mosaico de mercados atestados por una miseria campesina e indígenas aterrantes, sin posibilidad de salir de ahí, sin gremios sindicales como dudosa palanca de cambio y, más utópico aún, una universidad pública accesible. Aquí, en cualquier ventanilla de trámites o catacumba oficinesca, usted se topa con cualquier *Benito Juárez* en miniatura que nos regaña con gran seguridad si nos hace falta un sello y nuestro trámite necesita demostrar su paso previo por las aduanas y secretos laberintos del poder invisible.

—Su erudición me rebasa, don Joel.

Como si no hubiese escuchado mi elogio, siguió en tono *ex cathedra*.

—El automóvil dejaba su huella en todo como luego sucedió en el cine, la televisión o el teléfono celular. José Juan Tablada, el padre de nuestra vanguardia poética, hizo crónicas de las primeras carreras automotrices, aunque el primer caligrama con un carrito lo realizó el padre del género, Guillaume Apollinarie. Prométame que su próximo artículo sobre curiosidades históricas no va a tratar de esos hombres que llegaron a la historia en ese automóvil gris.

—Me gustaría prometérselo, pero me dicen de contabilidad que andamos mal de publicidad y la única que tenemos firme es de las empresas automotrices. Debemos seguir publicando información o notas curiosas sobre automóviles, tractores y camiones.

—Ah, vaya, ni me lo recuerde. Tengo una mejor idea, ya que veo su vena automotiva y automotivada: sáquese esa fijación con unos textos para el suplemento cultural. Revise las memorias de José Juan Tablada, aquí tengo un ejemplar, y publiquemos esos fragmentos de los primeros automóviles y sobre el poco conocido club al que asistían los patricios del positivismo nacido en el antiguo valle de Anáhuac. Dele "un levantón" al texto. Nuestro exquisito poeta, antes de apoyar a Victoriano Huerta, fue de los primeros vendedores de autos… y hasta un hacedor de publicidad para ellos. Antes de que Villaurrutia hiciese esa anáfora progresiva de "Mejor mejora Mejoral", su paisano Tablada escribía sobre los Fiat, Buick, Protos y otras elegantes marcas desaparecidas, que sonaban más a nombres de vinaterías francesas.

La oración me extrañó. El término "levantón", en el argot periodístico, significaba tomar un boletín o artículo viejo y hacerle modificaciones cambiando palabras y frases estratégicas para hacerlo ver como nuevo y propio.

—¿Darle yo "un levantón" al maestro Tablada?

—Sí y no. Este es un texto al parecer de origen periodístico, con accidentados detalles de prosa de la época, necesario de aligerar. Elimine los puntos suspensivos sobrantes y recorte frases demasiado largas. Sospecho que esos pasajes, más que escribirlos de puño y letra, Tablada se los dictó a un secretario en sus últimos años, y este colocaba los puntos suspensivos donde se le acababa el aliento o la memoria a nuestro cronista. Nada más comparta la cita de las fuentes para que el lector exigente o investigativo pueda acudir luego al caudaloso manantial original.

—¿Se vale esto?

—Hay capítulos que no concluyen donde deberían y los temas se extienden entre uno y otro, desapareciendo a veces en el centro del capítulo mismo. Ricardo Garibay odiaba este libro porque solo habla de los pomposos y en ningún momento describe el pueblo llano, la ralea que somos. Pensándolo bien, ese desequilibrio puede pasar por alguna técnica de narrativa moderna. Mmm, ¿lo dejamos así? No, mejor actualice, los lectores modernos sufren de atroz impaciencia. Sospecho que usted está aprovechando su sueldo de periodista para escribir un libro futuro, canibalizando los artículos que aquí le pagamos. Bien, no será el primero ni el último.

—No lo había pensado, pero es una buena idea.

—El próximo domingo, que es cuando abren el salón grande donde están los óleos de Alfonso XIII y Juan Carlos de Borbón, iremos al Casino Español a comer con mi viejo amigo y enemigo público Ezequiel Jambrina, un gran conocedor de esa época y de tu familia revolucionaria. Lo aprecio porque en todos estos años nunca hemos tenido un pleito a pesar de estar en bandos distintos. Solo uno que otro pleito de cantina… y esos siempre al final fortalecen la amistad por largos años.

Salgo con los tomos de *La feria de la vida* y *Las sombras largas*. Darle un "levantón literario" a un texto de José Juan Tablada donde escudriña los orígenes del automóvil como símbolo de distinción clasista… Hoy que, en ciertos páramos del idioma español, donde el argot del hampa campea, se usa la palabra "levantón" para señalar la desaparición forzada de una persona que subieron a un automóvil o camioneta.

José Juan Tablada,
el primer publicista y vendedor
de automóviles

Noticias de la Bella Época: El primer gran exitoso negocio de venta de automóviles fue propiedad de un yerno de don Benito Juárez y fue selecto sitio de reunión de una élite porfiriana y porfirista. Gracias a él, esos novedosos vehículos tuvieron su aparición como caros juguetes; más bien, demostraciones de poder rodantes de una aristocracia aún ignorante de encontrarse en retirada de su entorno de privilegios.

Los autos fueron pasatiempo de dicho Olimpo y su herramienta. En el futuro inmediato, con dos de ellos y sus propios choferes personales, los autos serían utilizados como herramientas para deshacerse de Madero, el tenaz ejecutor de sus privilegios, aunque en el futuro a Madero se le acusaría de dejar intacto al gobierno de Díaz y su corte de fifís. Más tarde, un solo automóvil gris sería la herramienta vengativa de un grupo emergente de militares deseoso de ser como ellos... pero nos estamos adelantando.

Primero es importante estacionarnos en el *boulevard* con farolas de gas, mujeres que parecen pintadas por Degas, autos Renault que asemejan creaciones de Renoir, el cosquilleante champán y poetas que lograban rimar Jockey Club con Duque Job, Veuve Clicquot y té de las *Five O'Clock* para furia de don Miguel de Unamuno, en las remotas Españas.

Palabras como *garage*, *chauffeur* y *limousine* eran neologismos, y el francés era una pesadilla para el idioma, como ahora puede serlo el inglés. A continuación, lectores de este suplemento compartimos una selección de párrafos del polémico y exquisito poeta José Juan Tablada, donde nos narra la fascinación por las cuatro ruedas con autónomo movimiento.

Aquel gran garaje

En mis actividades de vendedor de vinos conocí por entonces a mi buen amigo José Sánchez Juárez, que en la avenida de este último nombre que era el nombre de su abuelo, había abierto el primer gran garaje automovilístico con que la metrópoli contó. Gran sitio de reunión de gente deportista y acaudalada. Todos los bajos de la espaciosa mansión estaban ocupados por las oficinas, salones de exposición, talleres y bodegas de la poderosa empresa donde se formaba una nueva logia diferente a la de los carruajes, berlinas, calesas, charros y chinas poblanas.

Recuerdo que a aquel centro de *sport*, en su sala elegantemente decorada de tarde a tarde acudían *ricos-homes* y socios del Jockey Club. Ahí llegó una vez don José Sánchez Ramos, español de buena cepa, hombre de negocios y miembro de nuestras familias patricias por haberse casado con una hija de don Benito Juárez, para hablarnos de una novedad llamada Rodolfo Gaona. ¡Es un monstruo, una enormidad, un verdadero fenómeno! ¡Dios santo, si eso hubiese pasado en Madrid! ¡Qué elegancia, qué agilidad, qué facultades, qué capa, qué manera de meter los brazos al banderillear! Estoy pasmado y conmigo todos los compañeros del casino; toda la afición, que predice que el muchacho va a hacerse aplaudir en el mismo Madrid o en Sevilla o en cualquier plaza de maestranza.

Ese grave y ponderado banquero, don José Sánchez Ramos, solo hablando de toros, como Don Quijote de Caballerías, se exaltaba hasta perder, si no el seso, por lo menos la gravedad profesional

Vendedor de verdades y de coches

En aquel garaje a donde había ido en busca de buena clientela, desempeñé pronto el papel de agente de publicidad y ocasionalmente de vendedor de automóviles. Como a la sazón cumpliera yo en *El Imparcial* el puesto de cronista de notas de sociedad, en aquel centro recogía yo, además, un gran caudal de informes propicios en materia de fiestas y reuniones. En mis crónicas daba yo preferencia a las excursiones automovilísticas, a la sazón nacientes, y una simple excursión a Toluca me daba margen para lanzar una crónica como si se tratara de un viaje al polo.

El anuncio publicitario no estaba todavía perfeccionado ni sistematizado, y quien anunciaba en *El Imparcial* tenía implícitamente derecho a variados reclamos, cuya importancia dependía de la pericia y actividad del agente de publicidad. Yo, pues, di al garaje Sánchez Juárez una publicidad que hoy le hubiera costado sumas enormes y que a la empresa no le costaban más que mi sueldo… Hasta que mi buen amigo Pepe Sánchez Juárez creyó que podrían pasarse sin mis servicios y decidió, por economía, suspender mi plaza y mi sueldo exorbitante.

Entonces, ¿para qué sirve un automóvil?

Aunque yo había tratado con entusiasmo la cuestión automovilística, me sentí invadido por un absoluto escepticismo y tras de preguntarme para qué sirve un automóvil, y contestarme que dada nuestra falta de caminos no servía para nada, más que para satisfacer vanidades pueriles, decidí publicar mis impresiones.

Fue entonces cuando escribí el artículo, muy comentado, "Para qué sirve un automóvil", en el que, sin dificultad, se demostraba la tesis de que el automóvil en un país de pésimos caminos era inútil; que hasta en el rodeo de Plateros el auto, obligado a caminar despacio, sufría que el motor se calentara, que el escape del aceite quemado en nuestras calles estrechas envenenaba a los transeúntes y, en fin, todo aquello que, siendo verdad, podía aducirse a la sazón en contra del uso redundante del poco perfeccionado automóvil.

A ese artículo siguió otro llamado "Biografía de un automóvil", en que el carro de un fifí contaba su dispendiosa y estéril vida. Terminaba así:

Una vez que Nico decidió a su mamá comprar el auto, emprendió el indispensable viaje a Toluca. Había que verlo tomando el tiempo en el reloj de pulsera, bebiendo *cognac* al "górgoro" en una cantimplora extraplana, ebrio de veinte caballos y de "cinco ceros" azuzando al chofer alquilón y bronco: "¡Más recio, Trinidad, más recio, en cuarta y acelerando!, ¡fuerte!". ¡Y Nico resoplaba, ardiente y ronco como el soldado de maratón, que iba a caer muerto a los pies de los Arcontes anhelando el laurel de Milcíades!

Nico, con su Estado Mayor, llegó a Toluca, invitó a varios cocteles, les "echó cardillo" con las gafas y la piel de búfalo a los gomosos locales; almorzó y luego, tras el vertiginoso rodar por valles y montañas, en la jornada rendida en minutos fugitivos, Nico no halló cosa mejor que comprar una caja de chorizos que de vuelta a México depositó en el regazo de su voluminosa mamá, quien dirigió en una semana los veinte chorizos que la caja encerraba, sin pensar que cada uno valía 500 pesos, ¡puesto que yo (el auto) costé diez mil, y lo único que hice en mi vida fue ir a Toluca con el solo fin de comprar tales chorizos!

Al día siguiente de publicado este artículo, Pepe Sánchez Juárez, con su mejor sonrisa, me dijo que quedaba reinstalado en mi puesto de agente de publicidad.

No podía haber obrado de otro modo un negociante inteligente.

El Quijote de los automóviles

Ya he dicho que en aquella época, a principios del siglo, la introducción de los motores de gasolina produjo en nuestra metrópoli un verdadero delirio automovilístico no exento de snobismo, como se verá luego.

Snob quiere decir "sin nobleza": *sine nobilitas*. Don Juan Cobo, misterioso *ricohome* de San Luis Potosí, fue uno de los más cumplidos *sportmen* que he conocido. ¿Cómo descubrió el sagaz Pepe Sánchez Juárez a don Juan Cobo, el más significativo y voluntario comprador de automóviles? Lo ignoro, pero es el caso que no bien abrió sus elegantes salas y aparadores el garaje Sánchez Juárez en la más bella de nuestras avenidas, como complemento milagroso del garage apareció don Juan Cobo.

Los contertulios del garaje vimos llegar a un caballero de muy alta estatura, delgado y moreno, aliñado en el vestir, cortés de modales y un ligero estrabismo en la mirada. Los ricos capitalinos y socios del Jockey Club creyeron que se trataba de uno de tantos "fuereños" que venían a la metrópoli a comprar un resistente carro de gasolina para desafiar los malos caminos de su hacienda, pero pronto tuvieron que rectificar favorablemente sus juicios: don Juan compró la mejor *limousine* con carrocería Rothschild, la óptima por entonces, y contrató para su servicio a Ruiz, alias Juárez, el as de los *chauffeurs* primitivos. A esa *limousine* añadió pronto don Juan Cobo el más costoso auto de turismo, a este un elegante *run-about* francés y así sucesivamente hasta poseer seis u ocho carros de los mejores y más lujosamente acabados.

En un país en el que no había como vías de comunicación sino los restos de las magníficas carreteras coloniales, el auto que necesita correr *sur palier*, como dicen en Francia, o sea, sobre caminos llanos y nivelados, era casi una paradoja que llegó a su colmo cuando —sin carreteras, ni pistas, ni autódromos— comenzaron a importarse automóviles de carrera.

Que hubiera en uso coches de lujo para la comodidad y ostentación urbanas, bueno, aunque con restricciones, que el snobismo ambiente llegase a gastar cuantiosas sumas en coches de excursión y turismo cuando solo existían dos caminos posibles, aunque peligrosos el de Toluca y acaso el de Cuernavaca, era aún disculpable, aunque algo "futurista". Pero... que se importaran a todo costo delicadas y dispendiosas máquinas de carrera, eso sí era inconcebible.

Al desempacar frente a unos cuantos íntimos del garaje las dos primeras máquinas de carrera, magníficas por su latente potencia y bellas en su estructura a la vez fuerte y delicada, no pude menos que hacer palpables mis temores ante el fracaso. Mi hábil amigo Sánchez Juárez, gran psicólogo en asuntos comerciales, se contentó con sonreír confiado: "¡Ya verá usted, amigo, ya verá!".

El que compró la primera máquina fue, como era de esperarse, don Juan Cobo. Examinó el hermoso carro, hojeó el catálogo que lo describía y, flemático, agregó: "¡Bueno! ¡Pues, esta máquina es mía! Que la arreglen y dejen lista en la noche, pues mañana temprano salgo con Juárez, el *chauffeur*, para Toluca... Si en la demostración no falla, el carro queda comprado por mí, en firme".

Los buenos burgueses de México y los de Tacubaya y pueblos del tránsito vieron al día siguiente pasar la veloz máquina, que al ser acelerada, saltaba en elásticos ímpetus de pantera. Un estentóreo claxon, o precursor de este, anunciaba al carro que no bien era visto pasar "transparente de velocidad" cuando desaparecía dejando tras de sí el fragor detonante del "escape directo", el cual era donairoso hacer resonar en su máximum, entre humo de aceite y nubes de polvo.

La misma mañana, antes de la hora meridiana, don Juan Cobo con su *chauffeur* Juárez rigiendo la máquina potente alígera, estaban de vuelta en el garaje, entre los parabienes, aplausos y curiosidad inquisitorial de los *sportmen* presentes para el caso. Entonces, cuando los reglamentos de tráfico y velocidad eran desconocidos, siempre que un auto pasaba raudo y detonante por las calles y calzadas de la urbe, era seguro que fuera en él don Juan Cobo, conducido por su intrépido y hábil *chauffeur* Juárez. Tanto iba y venía, tal era el prurito de viajar en auto del simpático don Juan, que de él se contaban anécdotas reveladoras de su manía itinerante.

Decíale a un amigo, Amador de Campomanes: "¡Amador, son las nueve de la mañana, vamos a almorzar a Toluca!". Ya en la población referida, haciendo la digestión en el Lion d'Or, decía: "¡Ahora, don Amador, vamos a tomar chocolate a Chapultepec!". Y tras del sorbo de agua sobre el espumoso alimento de los dioses precortesianos, no satisfecho aún con los kilómetros devorados durante el día, volvía a invitar a su compañero: "¡Ahora, Campomanes, vámonos a Tlalpan, a escupir!".

Lo cual demostraba que no era el objeto la utilidad del viaje, sino el viaje en sí lo que interesaba al curioso hombre de *sport* que algo tenía de Quijote en su alargada figura y que recordaba a ciertos personajes hijodalgos de Pío de Baroja, sin tener sin embargo nada de trágico ni extraño, pues era llano, bondadoso y cordial y la única pasión de su vida parecía ser el automovilismo y los autos que compraba con la frecuencia y naturalidad con que yo suelo comprar libros.

La aventura del auto Mors

Cuando tras de la primera excursión llevada a cabo en México sobre un automóvil de carrera, don Juan Cobo regresó, empolvado pero satisfecho al garaje, Sánchez Juárez estaba presente entre el grupo de *clubman* y deportistas que lo felicitaban, alguno que otro engolosinado por la vanagloria de la aventura sobre el auto de carrera comentada en todo México con calor y entusiasmo. Decidió emular a don Juan Cobo, deseoso de compartir con él los lauros deportivos.

Era el *clubman* en cuestión don José de Jesús Pliego, llamado por sus amigos Chucho Pliego. Muy popular entre ellos: carácter llano, un tanto ingenuo, gran riqueza, buena figura de la que él mismo parecía ufano, y devaneos deportivos. Heredero único de cuantiosa fortuna agrícola, su principal ocupación fue gastar ponderadamente sus enormes rentas y su único defecto fue, sin duda, no saber gastarlas más liberalmente, con mayor inteligencia y sobre todo, provecho para su comunidad. Podía haber fundado escuelas, bibliotecas, hospitales, haber obsequiado a la ciudad algún monumento que perpetuara su nombre.

Desgraciadamente, no hizo nada, como la mayoría de nuestros ricos, que pasan por la vida sin siquiera percatarse de que existen en torno de ellos males y desgracias que podrían desaparecer con solo un gesto generoso, con la simple dádiva de una parte ínfima de los caudales, malgastados en vanidades tontas o en vicios y extravagancias.

Al ver triunfante a don Juan Cobo, Chucho Pliego decidió ganar a su vez y hacer que su nombre volara de boca en boca, como protagonista de hazaña semejante. Y decidió también comprar otro automóvil de carrera, el que se designaba con el nombre de su fabricante: Mors. Habló a Pepe Sánchez Juárez y el negocio quedó concluido, siempre que el *chauffeur* Juárez acompañara a Pliego a un viajecillo de prueba.

El lector debe saber que ir como tripulante, en el lugar destinado al mecánico junto al *chauffeur*, sobre un carro de carrera, no es tan cómodo como arrellanarse en un sillón mecedor. El asiento es exiguo, la posición del cuerpo nada confortable, pues lo que el constructor trató de resolver no fue el placer del tripulante, sino la simplicidad para ahorrar peso, obstáculos contra el aire, y aprovechar de la mejor manera la fuerza del motor.

Quizás o ignoraba esto don Chucho o lo había olvidado cuando, confiadamente, se instaló junto al *chauffeur* Juárez, abrochados los abrigos, los guantes de piel, las gafas misteriosas y aun románticas.

En torno de la pista de carreras

Se dio señal de partida y el motor echó a andar, echó a volar, sería mejor decir, pues del simple arranque el carro avanzó tres metros en una especie de salto prodigioso.

Todos vimos alarmados a Chucho Pliego hacer un gesto de sorpresa y aún vacilar sobre su asiento, pero apenas nos dimos cuenta cuando sobre la calzada de la Reforma, casi desierta en las primeras horas matinales, el motor raudo y trepidante había desaparecido. Después habíamos de saber las tribulaciones de Chucho Pliego y el percance que pudo haberse convertido en desgracia y que, por fortuna, solo fue un episodio regocijado.

Sucedió que Chucho, inseguro desde el principio en el pequeño asiento, estuvo, ya sobre la carretera de Toluca y en uno de los muchos *virages*, a punto de ser lanzado de su sitio, lo cual impidió el robusto brazo de Juárez, quien atrapó a la presunta víctima por el faldón del saco de cuero y lo restauró en su posición. Pero el susto fue mayúsculo y la excursión tuvo que interrumpirse para regresar al garaje desierto, pues nadie esperaba que tan pronto concluyera la excursión.

El caso fue que, después de aquel episodio, Chucho Pliego le cogió al auto de carrera Mors una mala voluntad que no se tomaba el trabajo de disimular, y que a nuestras preguntas contestaba con evasivas, diciendo vagamente: "¡Es una cosa terrible... bárbara! Ese auto es una especie de monstruo..." y dirigiendo de soslayo rencorosas miradas al motor que, desde entonces, aunque ya comprado y pagado por Chucho Pliego, descansó en uno de los patios del garaje, sin volver a ver a su dueño, sino de muy lejos y siempre a respetable distancia.

Inútil es decir que el regocijado incidente y la embarazosa situación en que quedó el protagonista de la malaventura le valieron las más variadas bromas del grupo de *sportmen*, que gozaba en aumentar su desasosiego y en convertir su alarma en pánico...

El brusco y socarrón Amador de Campomanes se acercaba a Chucho, espetándole a quemarropa: "¡Pero hombre! Solo a usted se le ocurre haber comprado ese carro... ¿Sabe usted lo que quiere decir en latín Mors, el nombre de ese auto...?". Y ante la estupefacción de Pliego, agregaba: "¡Mors... quiere decir *muerte*, ni más ni menos...! ¡Y usted iba montado en la muerte, porque ese no es un carro de carrera, sino un carro fúnebre!". *Morituri te salutant. Memento Mori!*

Otro de los contertulios, haciendo como que traducía de un periódico francés, lanzaba en voz alta para que Chucho lo escuchara: "Nuevas desgracias causadas por el automóvil Mors... A los ya numerosos siniestros ocasionados por ese fatídico vehículo, deben agregarse dos nuevas acaecidas ayer", etcétera, etcétera.

Al principio, Chucho no se daba cuenta exacta de las bromas de sus amigos y se contentaba con mirar frunciendo las cejas hacia el lugar donde descansaba el Mors... ¡Y de seguro que si las miradas contuvieran explosivos el auto hubiera sido dinamitado y hecho polvo!

Las primeras carreras de autos en Guadalajara

Fue por esa época del delirio automovilístico cuando tuvieron lugar las famosas carreras de automóviles en Guadalajara, las primeras celebradas en nuestro país. El entusiasmo que aquel suceso despertó fue correspondiente a su novedad, y toda la gente "bien", por ajena que fuera a las actividades de la gasolina, consideró de buen tono interesarse en el acontecimiento.

Los miembros del Jockey Club patrocinaron la idea, otras agrupaciones deportivas y sociales la suscribieron, y días antes de la primera carrera los trenes de excursión comenzaron a llevar visitantes a la Perla de Occidente, cuya belleza cautivadora habría de cantar después en versos definitivos y singulares nuestro poeta Rafael López.

Yo recuerdo haber hecho el viaje en compañía de varios amigos de buen humor. Con dificultar encontramos dónde alojarnos, pues la bella Guadalajara nunca esperó el sinnúmero de visitantes que al reclamo de las carreras habían llegado de la capital y otras ciudades de la república. Las carreras fueron un suceso en verdad sensacional, y no hubo día en que las tribunas, pese a ser espaciosas, no se viesen colmadas de espectadores entusiastas.

En el reverso de los grandes programas que publicaban los nombres de los carros en concurso y de los respectivos *chauffeurs* o *gentlemen-drivers*, pues muchos caballeros manejaron sus propios carros, en un alarde inusitado de radical *sportsmanship*, encuentro las notas de aquellos emocionantes días, llenos de peripecias, con las cuales reconstruyo aquel magno suceso, digno en verdad de rememorarse.

He aquí el cuadro:

Acabo de recorrer en toda su longitud la pista en donde hasta hace un instante pasaron raudas y fugitivas las máquinas de carrera. Todo era el inmenso valle, toda la cuenca que en estas dos mañanas memorables ha sido una urna de emociones intensas y angustiosas, todo el panorama reseco y desolado parece en estos momentos un campo de batalla. Aún flota en el viento cálido el ardor de la lucha y pesa sobre mi ánimo la opresión de las inesperadas derrotas y resuena en mi oído el largo clamor de las victorias... Las tropas de caballería que custodiaban la pista se van concentrando a la vibrante llamada de un clarín y los pelotones llegan entre nubes de polvo hasta el pie de las tribunas donde flamea la bandera del Auto Club Jalisciense como sobre un parapeto victorioso. Allí albea una tienda de ambulancia con su enorme Cruz Roja, y más allá el detonar de un automóvil remeda lejano tiroteo. Nuestro vehículo corre sobre la pista polvosa bajo el ardiente sol... Aquí está el sitio donde Bassini hizo girar su máquina como una peonza en vertiginoso *derrapage*. Allá está el lugar donde Goldbery, a bordo de su formidable máquina Mors, pasó ante el público en medio de frenética emoción. La pista está hendida por el profundo surco de mil ruedas anchas y veloces; la tierra está excavada, abierta con profundas grietas de terremoto y, casi tersa ayer, presenta hoy huellas de un tráfico antiguo y prolongado. De entre los mezquites parte un aguilucho y su celebridad flotante nos parece nimia junto a la rampante rapidez de las máquinas de carrera. Los autos van sobre el suelo, es cierto, pero el suelo para esos automóviles no es más que un pretexto... como los pies del Hermes, las ruedas de los autos tienen alas. El auto es un cóndor gigante que, por gala, por no ofender al hombre y por serle fiel, se digna a andar por el suelo. Pero es en verdad rápido y capaz de incorporarse a todas las celebridades del éter azul...

Sobre el campo de batalla van apareciendo los vestigios del más trágico y feroz combate. Solitaria y abandonada, muerta por su inmovilidad y su silencio y su desamparo está la máquina Welsh, la misma en la que Bassini dio una sola vuelta admirable. Allí está clavada junto a un cactus, caldeada por el sol, mientras un buey la mira de soslayo y se diría que con desprecio... Más allá está un carro Haynes, breve y ligero, con una rueda desprendida... Y así sucesivamente vemos el Fiat del intrépido Juan Gortázar, con la rueda de avante desgranada, con el radiador hecho pedazos, inmóvil entre una hecatombe de nopales que arrasó bajo sus llantas impetuosas y enloquecidas... Otro Fiat que tumbado parece a lo lejos una cureña y un armón de artillería... El último cadáver que encontramos es un Buick *en panne* y junto a él, empeñados en proseguir su carrera a don Gabriel y don Pedro Fernández Somellera, los mismos que hace unos instantes dieron por muertos allá en las lejanas tribunas. Están afortunadamente sanos y salvos, pero poseídos como siempre del delirio de velocidad, que es hoy epidémico. Aparte de esa enfermedad, gozan de perfecta salud.

Seguimos la carrera: hay curvas en que hasta nuestro seguro automóvil, un brasier de turismo, cargado con ocho personas "derrapa" inquietantemente... Se explica, pues, que esta pista de imposibles virajes haya sido funesta para los voladores automóviles de gran potencia... ¿Podría el más perfecto de los *yachts* navegar entre los hielos del polo?... ¿Podría el caballo de más pura sangre y más noble *pedigree* subir y bajar por los peñascos de la Sierra Madre? El polo, los hielos boreales, necesitan fuertes buques balleneros; las barrancas de la Sierra Madre, machos de atajo y la pista de Guadalajara, sólidos coches de turismo. En las próximas carreras, la pista A. C. J. deberá resultar digna de ser hollada por las nobles y delicadas máquinas de carrera...

Ya rondando la pista, distinguimos a lo lejos las tribunas y el polícromo flamear de sus gallardetes y oriflamas... Ya en rápida carrera pasamos junto a ellas y su aspecto silencioso y desierto nos consterna... Todavía ayer, hace apenas unas horas, eran las tribunas teatro de un brillante festival. Elegancia y lujo, hermosura, juventud y entusiasmo, músicas, colores y perfumes... todo estaba allí. Un tropel de *american girls* se distinguía por el alborozo al saludar al paso las máquinas de su patria. En otro sitio un grupo de hermosuras tapatías con la negra mirada de sus ojos ardientes, más honda que un clamor, deseaba el triunfo a alguno de los *gentlemen drivers*, a Alfonso Somellera o a Pepe Sánchez Juárez, sedentes y tranquilos en sus máquinas, afianzando entre las manos el volante de dirección...

Todo era frenesí y delirio y hoy todo es silencio y tristeza. El silencio ha vuelto a recobrar su imperio pesado y abrumador, que turba solo el martillo de los carpinteros que deshacen las tribunas. Mañana en la cuenca ardiente y desolada volverán los rebaños a pastar, tardíos y tranquilos sin azorarse más al paso de las máquinas humosas y trepidantes.

Lancia Torpedo

¿Qué tipo de vehículo era el automóvil gris? Era un Lancia Torpedo. Ya en su nombre residían la velocidad y la amplitud. Aunque el apellido de don Vincenzo Lancia se pronunciaba con una "sh" muy mexicana, los consumidores de la elegante firma italiana engolaban la "c" en un afán de distanciarlo de la moderna palabra "lancha", la cual refería a los botes amplios de motor con diseño acuadinámico.

El estilo de carrocería del torpedo fue un tipo de carrocería de automóvil utilizada desde 1908 hasta mediados de la década de 1930. Vino armado con un perfil aerodinámico y una capota plegable o desmontable para gozar más de la velocidad o el aire fresco. El viento es aire siempre de viaje. El diseño consistió en una línea de capó a capó, levantada para estar al nivel de la cintura del automóvil, lo que resultaba en una línea recta del cinturón de adelante hacia atrás. No era más ancho de fondo como los carruajes de caballos. El nombre lo introdujo en 1908 el capitán Theo Masui, importador inglés de automóviles Gregoire franceses, quien diseñó una carrocería aerodinámica y la llamó "El Torpedo", dándole su toque de marinería heredera de Francis Drake y Edward Teach Barba Negra… En el mar, una nave o un torpedo, mientras más largos son más veloces. Y mayormente destructivos.

El automóvil gris estaba propulsado por una válvula lateral Tipo 58, motor monoblock en línea de cuatro cilindros, desplazando 4 080 cc, que producía 60 CV a 1 500 rpm. La velocidad máxima fue de 115 km/h (71 mph). El cuerpo separado se construyó sobre un marco de escalera:

había ejes sólidos amortiguados en resortes semielípticos en la parte delantera y resortes elípticos de tres cuartos en la parte trasera. Los frenos estaban en la transmisión y en las ruedas traseras. La transmisión era una caja de cuatro velocidades con un embrague húmedo multiplaca. Gran novedad: luces eléctricas y encendido interior que evitaba el uso del *cran* o manivela y mejoraba las huidas súbitas. Este modelo se fabricó durante los cinco años de la Primera Guerra Mundial.

El estilo de carrocería Torpedo generalmente se instalaba en los entonces llamados automóviles de turismo de cuatro o cinco asientos, sin techo fijo, desmontable o plegable, con paneles laterales bajos y puertas. Sin proponérselo, podría ser el primer auto familiar. Los coches Torpedo no tenían pilares laterales, por lo que los únicos montantes presentes eran los que soportaban el parabrisas. Era una línea muy limpia y elegante en un periodo en el que los coches se adornaban sobrecargados, a la manera de landós, calesas o faetones de caballos. De hecho, algunos modelos empleaban esa definición ya en desuso y llevaban gualdrapas metálicas en los costados que, con el tiempo, solo sobrevivirían en las carrozas fúnebres motorizadas.

El Lancia Torpedo no parecía dos bicicletas unidas con un mueble de madera, como los autos de su tiempo: era un poderoso proyectil que impactaba la vida y la sociedad con su encanto y certera eficiencia. Y la naciente sociedad mexicana del siglo xx recibió uno de ellos directamente en el cráneo. Torpedo, antes de un arma naval, es el nombre de un inquietante pez que ataca a sus víctimas, paralizándolas al primer contacto y matándolas al instante.

La Revolución traicionada

Los vasos, los ceniceros, las bebidas y el tema están servidos en la mesa. Don Joel Noriega y yo conversamos en dicha puesta en escena con Ezequiel Jambrina, viejo teórico de la Revolución e ideólogo del PRI, autocrítico fugaz de un sistema que le tocó vivir y del cual no pudo escaparse. La idea de la conversación es tratar de rescatar y conservar un pasado que ya se diluye en la memoria y las interpretaciones. La penumbra de maderas, cristalería y manteles morados alienta nuestra evocación somnolienta.

—Jovencito, no hable usted mientras yo estoy interrumpiendo —me dice como broma soez a mi primer intento de entrar en conversación, antes de que ellos terminasen su protocolo de saludos, y guardo silencio en los primeros aperitivos, permitiendo que don Joel y Jambrina se pongan al día y que, a merced de la condescendencia sembrada durante ese intercambio de cortesías, confidencias y bromas, Jambrina viese que yo era de su total confianza.

—Sí que es tranquilo tu joven escudero, Joel —dice más tarde, como una forma tardía de aprobación, refiriéndose a mi silencio y haciéndome entrar en la charla, al ver que don Joel me saca con tirabuzón algunas opiniones a los tantos temas que ellos comentan y digieren.

—Tiene esa rara virtud, carente en la extraña juventud de ahora.

Esta apuntaba a ser una de esas largas tardes chilangas donde los hombres se entregan a lo suyo y se explayan con pasión en un sitio y comen con pausas, toman su buen vino, luego otro, pasan a las bebidas fuertes, después a un nuevo plato y desde ahí ven al día y al país irse por las ventanas y perderse en la lluvia vespertina, conmoción atmosférica que da un grato pretexto para quedarse en el mullido espacio hasta muy tarde, con la excusa de que, al bajar la tarde, ya es la hora del tráfico o es más difícil conseguir un taxi, y es mejor alargar el refugio bajo obsequiosos camareros que saben hacer bien su trabajo… Esas "sentadas" de los hombres de la capital suelen terminar con un buen coñac, acuerdos o confesiones políticas, y no es raro que se trasladen a otro bar más confortable o algún burdel de postín y acabar en la madrugada, con la corbata floja y en la vía pública, ante un buen plato de menundencias hirvientes en una mesa callejera, junto a un grupo de cargadores y mendigos, o dándole serenata a la secretaria nueva del edificio y luego a la esposa, aprovechando el vuelo suicida de la juerga para amortiguar la parranda.

Don Joel ya fertilizaba desde las 4 de la tarde la conversación con el tema de la "Revolución interrumpida". Decido hacerle la primera consulta directa a Jambrina —luego de la morcilla, la paella, los chipirones y la segunda botella de tinto Matarromeros— y le suelto la pregunta:

—¿Por qué hablan tanto de la "Revolución interrumpida" o la Revolución traicionada? ¿Qué tanto tuvo, para usted, de fiasco esta empresa o gesta? ¿Todas las revoluciones son vistas como un fracaso por los que la vivieron de forma inmediata?

Don Ezequiel hizo un gesto de saludo a Lopito, el mesero, quien le cambió la copa por una nueva sin pedírselo. Me respondió en un tono diferente al atrabiliario con que me diera la bienvenida.

—Todo dependerá siempre de su punto de vista. Y no necesariamente a la pertenencia del bando vencedor, perdedor o beneficiado por inercia, como dice la conseja. Esta fue una acción histórica muy poliédrica y proteica. La lectura cambiará siempre desde el punto donde esté situado el observador: el principio de incertidumbre de la historia.

Tomó un sorbo y, ostensible, aclaró su garganta.

—Los franceses que vivieron el terror o las derrotas napoleónicas sintieron su revolución como un fracaso. Los países de América que se independizaron con sus logros e ideales no la vieron así, ni los franceses actuales al ejercer su voto. Don Evaristo Madero de seguro se extrañaba de que su nieto Francisco luchara contra un régimen del cual el viejo patriarca había formado parte como gobernador de Coahuila y con el que había progresado feliz con sus empresas. Deberíamos pedir un vino de Parras de la Fuente, para regar mejor esta conversación, pero apenas vamos sobre esta botella.

Insisto con mi consulta, aunque el tono con el que respondió indica deseos de cambiar de tema.

—¿Cómo ve usted todo ese periodo a sus años? Su presencia como periodista político ha sido un palco de lujo para analizar la tauromaquia mexicana del poder.

—¡Gracias por darme tan grande palestra, joven tribuno! Con los años, veo a la Revolución de México como una ópera dramática wagneriana en tres largos actos. Míralos, aquí te van. Yo, como tu amigo Joel, también hago dibujos en servilletas, pero soy más elegante con mis ejemplos. Estudié caligrafía cuando fue materia obligatoria y lucho con salvar algo de ese arte:

Acto primero

(1905-1911)

La lucha contra el senil régimen dictatorial del general Porfirio Díaz, uno de los próceres militares en la invasión francesa de 1864. En realidad, el régimen está en coma inducido y la naciente clase media y la aristocracia en el poder que apoyan a Madero son los mismos que luego lo remueven. Y también su base campesina, la cual no logró insertarse en el nuevo gobierno: la desatención a Pascual Orozco y al propio Emiliano Zapata fueron yerros del nuevo presidente.

Acto segundo
(1911-1914)

La difícil, breve e idealista presidencia de Francisco I. Madero, su derrocamiento por golpe de Estado bajo el catalizador del ambicioso embajador Henry Lane Wilson y la lucha posterior de toda una nación contra su victimario, Victoriano Huerta. La caída de Madero fue la derrota de las instituciones nacientes o consolidadas antes con Díaz por los poderes fácticos y fáusticos del capital, las armas y los intereses extranjeros, todo ello en un caldero que se volvió torbellino y a todos nos levantó y volvió a dar contra el suelo.

Acto tercero
(1915-1921)

La Guerra civil entre las facciones vencedoras de esta lucha, principalmente Villa y Zapata contra Carranza y Obregón, cuyos estertores duraron más de cinco años, siendo vencedor al final el grupo de los militares norteños obregonistas, los cuales bajaron hasta el centro del país arrasando parejo y llevándose a su paso a sus aliados del noreste de México: los estados de Sonora y Sinaloa. Ellos fueron los vencedores.

Algo bueno quedó de este último movimiento: Carranza se vio obligado a legitimarse desde el principio invocando la legalidad y la institucionalidad que pregonó en su Plan de Guadalupe, y así nos dejó una constitución actualizada y revolucionaria, que insiste en la soberanía de nuestra tierra y sus recursos, la cual hubo que estar reformando o postergando... hasta que el presidente Cárdenas, aprovechando el clima previo a la Segunda

*Guerra Mundial, nacionalizó el petróleo y dio fuerza al
reparto agrario, que era algo muy tibio.*

Jambrina extendió ante mí su servilleta que, en su caligrafía educada, algo tenía de programa operístico. Don Joel sonrió complacido por esa réplica mejorada de su didáctico estilo.

—Esta última etapa fue la más sangrienta, extendida y caótica; aunque las grandes batallas implosionaron en el año intermedio de 1915. Toda la primera década este país estuvo en un estado de conflicto interno y a ratos influido por las intermitencias de la Primera Guerra Mundial. ¿Cómo dice el refrán? Cuando Estados Unidos estornuda, a México le da gripa.

—¿Por qué ves así de esquemáticos esos años, Jambrina? —le preguntó don Joel, sin dejar de ver su servilleta.

Volvió a darse un trago antes de seguir con su exposición de motivos.

—Sin la necesidad del petróleo para la logística del combate y el abastecimiento, los Estados Unidos habrían tenido otro papel en nuestra revuelta armada, aunque nunca dejaron de echarnos ojos, su patio trasero. El siglo xx es el de las crueles dictaduras de opereta por toda América Latina, leales al capitalismo imperial yanqui, pero de la que nosotros nos libramos gracias a nuestra guerra civil, que algunos quieren ver inútil. Con sus fiascos y retrocesos, la Revolución en México le paró un alto a los intereses de dominación yanquis, los cuales actuaban desde adentro, comprando a sus sucesivas élites corruptas en todo el orbe y en el propio Washington contra el ideal libertario... Vean cómo hoy está África de asediada, ahora con el petróleo y la búsqueda del coltán, tan elemental para los indispensables teléfonos celulares. Son mundos donde faltó una revolución que pusiera las cosas en movimiento y en su sitio, fortaleciendo una nacionalidad y la idea de un país fuerte.

—Para muchos, la Revolución concluye luego de esos diez años que usted divide en tres movimientos —le acoto antes de que vuelva a envolverse con la economía mundial, un tema suyo recurrente.

Noto que tanto él como don Joel ya se están poniendo ebrios. Aun así, esa circunstancia no les resta potencia discursiva. Al contrario.

—Álvaro Obregón toma posesión como presidente para el periodo de 1920-1924. En septiembre de 1921 emprende unas fiestas solemnes con motivo del centenario de la consumación de la Independencia; muchas naciones envían embajadas especiales. Ese año crea la Secretaría de Educación Pública, suprimida por Carranza, y la ocupa el licenciado José Vasconcelos. El general sinaloense Francisco R. Serrano se encarga de la Secretaría de Guerra, con el nombramiento de subsecretario. Siguen otros años de convulsión y politiquería, como el surgimiento de centrales obreras que darían sustento al partido oficial y al futuro sistema político mexicano, estableciendo una ronda donde el poder cambia por turnos, pero a futuro serían cuartelazos internos o leves, nada comparable con los grandes movimientos de tropas que hubo de 1910 a 1920. Solo la guerra religiosa fue algo de cuidado, pero los asuntos de los hombres del poder comenzaron a arreglarse dentro del poder, sin necesidad de arrastrar a las masas y poblaciones con sus ansias de escalar la cima.

Don Joel apoyó la tesis de Jambrina:

—Los de formación de izquierda vimos en la Revolución un fracaso porque de ahí surgió el PRI y la antidemocracia por más de ochenta años. Pero, dentro de todo, existía un tipo de legalidad al reformar nuestra Constitución con artículos muy modernos para la época, sobre todo en educación, soberanía y garantías individuales. Países de Europa y América no vieron algo similar hasta los años sesenta, y no se diga de algunas excolonias en África y Asia. Nuestra Edad Media duró menos que la europea. Con sus defectos, el PRI se volvió una parcela para girar la tómbola del poder entre el monolito de la derecha y el eterno desorden de una izquierda atormentada de la Guerra fría, dividida y paralizada por la muerte de León Trotsky en este rincón del mundo. El voto universal llegó a Francia en los 60 y solo porque Charles de Gaulle pensó que le beneficiaría a su reelección.

—Entonces… ¿las cosas serían otras si Madero hubiese defendido el poder a sangre fuego, como aún era común en esa época? ¿Debió haber respondido con la fuerza de las tropas y los cañonazos a sus críticos?

Quitaron el plato de chistorra, de chapulines oaxaqueños en aguacate amartajado, y llegó el primer coñac de la tarde. Los meseros colocaron un nuevo mantel en silencio, a pesar de no tener la menor mancha. Don Joel se dio valor con un solo golpe de bebida.

—Madero no fue tan ingenuo. Es muy fácil juzgarlo después de los hechos. Intentó reeducar a un pueblo bárbaro, incapaz de dar la otra mejilla, con las acciones de su gobierno. Hizo lo posible para no volverse un autócrata como Díaz. A ojos más modernos, la política de Madero fue un poco, y sé que es atrevido decirlo, pero en el fondo son circunstancias similares, como la actitud de Nelson Mandela al tomar la presidencia en Sudáfrica, luego de décadas de *apartheid*: no despidió a los políticos y militares que ya estaban en los cargos públicos para no desestabilizar el país y darle confianza en la fuerza de las instituciones, aguardando el relevo gradual. Aunque otros afirman que eso fue por secretas presiones del Imperio británico.

—O mejor: Madero pensaba en la fuerza de la institución de la presidencia de la república.

—Claro, y además no se sentía muy seguro sobre sus propios hombres. No olvidemos que era una presidencia imperial, algo inevitable con tantos poderes fácticos, y una economía feudal. México iniciaba su Revolución Industrial apenas y el petróleo su papel como panacea de la economía mundial. Recordemos que la democracia era un invento reciente, lleno de fallas por lo mismo, y tenían más prestigio las fastuosas monarquías europeas que "llevaban la civilización" a Asia, África y, de manera fallida, a un México con las entrañas llenas de liberales incendiarios. Nuestro romanticismo tuvo mayor éxito en los hechos que en las letras: no tuvimos poetas con el peso de Lord Byron, pero fueron más exitosos en el campo de batalla que Byron al morir de un resfriado agravado por las sangrías médicas en una playa griega. Mire los ojos con los que pintó Diego Rivera a Ignacio Ramírez, el Nigromante, enarbolando su escrito de "Dios no existe" en el mural que está a unas cuadras de esta cantina: ahí tenemos toda una lección de historia.

—¿Habla usted del Hotel Regis? Yo solo supe de ese edificio a los quince años cuando se cayó en el terremoto y el locutor Jacobo Zabludovsky dijo al aire de que era el fin de una época.

—Ah, el Regis. Como éramos un pueblo con alerta de analfabetismo, José Vasconcelos puso a nuestros pintores a hacer murales didácticos en las grandes catedrales del poder como Palacio Nacional, la Secretaría de Educación Pública y hasta el Hotel Regis, donde cínicamente desayunaron por más de setenta años todos los funcionarios y diputados del país, frente a la Alameda Central. Un símbolo de *status* era tener una *suite* ahí durante el periodo legislativo o de manera cuasi permanente, incluso con amante de planta en ese mismo espacio. Estos tipos señoreaban en el sitio y se hablaban de tú con todo el personal, firmaban cualquier servicio, las telefonistas eran sus secretarias ejecutivas y conectaban con las centrales del territorio nacional para localizar a quien los grandes señores requirieran, aun en rincones aislados de Quintana Roo o el desierto de Sonora. No, no viví tanto esa época, la vi de reojo; quien me contaba eso era don Abel Quezada, ese gran caricaturista que era más que eso y conoció bien ese mundillo, sin contaminarse. Recordaba perfectamente el menú de los desayunos, dispuesto para solazar a diputados, gobernadores y demás corifeos avenidos de la provincia: pescado a la veracruzana, birria de Jalisco, panuchos de Yucatán, carne huasteca, café de Chiapas, machaca de Sonora, pejelagarto de Tabasco con empanadas de chaya. Yo conocí bien a Sabino, el masajista del sauna, que le cuidaba las pistolas a los encumbrados revolucionarios en el poder que, en los años cuarenta, entraban barrigones y envueltos en una toalla al vapor, a arreglar los asuntos y cuentas pendientes del país, para luego reunirse a tomar esos largos e indigestos desayunos que son parte del juego del poder y sus indescifrables mecanismos.

—¿Cómo era el ambiente de los revolucionarios triunfadores?

—Había de todo tipo, pero los vencedores no siempre fueron los que montaron caballos mesteños y llevaban carabinas de un solo tiro y que ahora tienen nietos que manejan un Mustang y se fajan atrás una Pietro Beretta.

Don Joel se disculpó al dar las nueve la noche. Era un hombre felizmente casado y ya se iba a acompañar a su esposa. Sus hijos ya habían dejado el nido hacía años y ambos apreciaban esa mutua compañía. La calle comenzaba a bajar su ruido y ya no entraban vendedores de lotería, de juguetes o curiosidades a precios módicos. De repente veíamos a alguna mujer entrar con pasos vampirescos, tomar una sola copa e irse sola o bien acompañada.

Me quedé el resto de la velada con don Ezequiel Jambrina. Pedimos otras bebidas fuertes ahora en cadencia lenta; alguien más llegó y se fue a la mesa y nosotros volvíamos y volvíamos a los mismos temas. Mientras más luces se encendían en el bar y cambiaban de turno los meseros, gentes llegaban y se iban, la personalidad y rostro de los clientes se transmutaba con los horarios. Yo también me embriagué. Hubo ratos de silencio, otros de repentina charla. La Revolución mexicana estaba presente en cualquier momento de nuestro diálogo y de cierta forma, en sus pausas, hasta dar las 12 de la noche. Cuando creí que todo era y sería inercia, del monólogo del señor Jambrina manó una revelación accidental que me cambió por completo.

—Qué peculiar que un pensador y analista de la historia despegara de su pueblo con el crecimiento de la tecnología. Tu bisabuelo sí que cambió su vida cuando dejó de ser un sotacochero para venirse a la Ciudad de México y ser chofer de don Cecilio Ocón. Las cosas que habrá visto en la Decena Trágica y nunca escribió. Deberías leer con cuidado sus historias que me dices que has descubierto. ¿Mencionó algo sobre La banda del automóvil gris?

Creí que se confundía y divagaba en las brumas del coñac. Un posible enredo entre sus referencias, opté por pensar: mi abuelo migró a la Ciudad de México en 1917 a realizar trabajos de periodismo. Pero la palabra "sotacochero" me llamó la intención. Esa palabra aparecía en cierta página de los manuscritos recién recibidos, mas no recordaba dónde. No era un término muy común ni cercano a su clase social, aunque la ciudad entonces era aún más pueblo. ¿Francisco Versolari habría sido sotacochero y luego chofer? Deberá de confundirlo, ya está grande y ebrio, pensé. ¿Qué es un sotacochero?, ¿el ayudante del chofer o algo más de esa palabra en desuso al igual que ese oficio, como el de palafrenero, cuya función es llevar del freno al caballo? Mejor será revisar los apuntes.

Ya más en la madrugada, en mi departamento, desperté de súbito por los golpes repentinos de la resaca y el vacío del sueño repentinamente huido, me brotó el ansia hemerográfica. Revisé unos escritos publicados por Jambrina en viejos diarios y, tras insistir un poco en el buscador, apareció un texto donde mencionaba que Francisco Versolari había sido un excelente conductor, en una época donde pocos sabían cómo dominar un automóvil. Y que había sido chofer del antimaderista Cecilio Ocón: un hombre rico, venido a la capital desde Mazatlán, que fue crucial en esos días de la Decena Trágica. Así aparece en los libros de historia.

Un coro de sirenas, cláxones y voces callejeras me devolvió al presente. No es raro que en una ciudad como la nuestra las sirenas resuenen a coro repentino en la madrugada. Esa noche fue consistente y prolongada en demasía. Pero al checar por la mañana, ninguna información encontré que atribuyera a algo la movilización policial o de ambulancias. Oficialmente nada sucedió. ¿Sigo siendo un provinciano?

Del *Diario* de Francisco Versolari

En aquel tiempo, la sal la comprábamos en el molino Casablanca, cerca de la calle del Puente en la playa sur. Pero las sales medicinales eran muy usadas por los boticarios y la gente solo hablaba de sus bondades en las reuniones. Las enfermedades eran "el viaje de los pobres", y era de rutina que las mujeres se desmayasen en público, para que luego alguien dijera con toda propiedad "rápido, traigan las sales", ya que toda casa de respeto tenía a mano esos insumos tan indispensables como la palangana, la servilleta y el papel de baño. Pero las sales fueron por un tiempo la mejor manera en que me gané la vida. Fue durante el castigo impuesto por mi padre, harto de tanta bohemia mía, y así anduve unos meses como ayudante de cochero, yo, que nunca salía antes de los límites del puerto y sus huertas de mangos cercanas.

Por buen tiempo, fui *sota* de diligencia en el servicio de los pueblos en los alrededores de Mazatlán, en casi todo el sur de Sinaloa. No me imaginen vestido como ese personaje de la baraja española: era el ayudante del caballero, y en los terrenos planos me dejaban llevar las riendas. Mi función era asistir al cochero en todo el trayecto y arrear a los animales. Para eso yo usaba tres diferentes herramientas, según el camino y el número de bestias en el *tiro*. En las veredas empinadas o irregulares, usábamos seis remudas, mientras que para lo parejo, solo cuatro, y cada posta de refresco contaba con las bestias listas según cada trayecto. Para las mulas delanteras se usaba un chicote llamado *"larga"*, para las de en medio se empleaba el látigo y para las más cercanas, uno corto que se llama *"chivero"*, y que en algunas casas lo tienen colgado en un rincón para darle de chingazos a las gallinas o a los hijos desobedientes.

Como iba de un punto al otro, les llevaba a algunos pueblos despensas de sales estomacales o bromuros de potasio. Me daban buena comisión. En tiempos de calor eran muy requeridas para prevenir la deshidratación, desinfectar agua, prevenir el paludismo o purgar a los chamacos. Diferentes tipos era la oferta.

A mi trabajo no le faltaba peligro, dejémonos de los asuntos de bandidaje. Uno podía caerse del pescante en una mala vuelta y si se pasaba por los arroyos crecidos se corrían grandes riesgos, incluso en los cruces pantanosos a la hora de destrabar una rueda con las mulas tirando. Una vez, en el Arroyo de las Salvias, adelantito del río Presidio, en una creciente se nos ahogaron siete mulas y nada más se salvó el macho de guía. Me bajé de los caballos cuando vi morir a un muchacho que era aprendiz de sota, y nos pidió de favor antes de irse que lo lleváramos a la Hacienda del Vainillo, que ahí nos pagaba su apá. Tuve que quedarme a cuidar el cuerpo, porque lo dejamos ahí tendido, mientras la diligencia siguió su ruta para dar aviso y mandar un carro más apropiado, y me quedé velándolo, vigilando que no le llegaran los animales del campo. Fue el primer muerto del que estuve cerca y de esa forma les perdí el miedo. Dominar el miedo ante un cadáver es una forma de aprender a no temer tanto la muerte propia.

Entrar a ese trabajo fue parte de un rito de iniciación. Yo fui recomendado como *zagal*: el zagal era el mozo que ayudaba al mayoral con los carruajes... Algunas personas mayores continúan usando el término para referirse a los chicos y chicas que recién han llegado a la adolescencia. Pues al verme, el conductor de la diligencia dijo que yo ya estaba muy crecidito para zagal y que mi trabajo sería el de sotacochero, el segundo suyo a bordo, por encima del zagal y el changador, que era el bruto responsable de cargar bultos y hacer labores más pesadas.

Así fue como don Cecilio Ocón me conoció en un viaje que hizo de urgencia a El Rosario y alguien me recomendó para que fuera su ayudante en su nueva adquisición, compra que prefiguraba el fin de oficios como el mío: el primer automóvil había llegado a Mazatlán y se necesitaba de un criado experimentado en el conocimiento de los caminos y con fuerza suficiente para darle vueltas al cran —esa manivela como objeto de relojería gigante que era necesario pulsar y a veces tenía fuerte retroceso y giraba solo—, mientras los niños y gallinas corrían despavoridos con el ruido de esa máquina infernal.

Dejé de ser sotacochero para subir al primer vehículo de locomoción interna y hacerme el dueño de mi propio camino, y entrar al siglo xx a bordo de él, el cual hasta ese momento no se veía muy diferente al xix en toda la región de Sinaloa. Ocón pensaba que si yo había sido un buen sotacochero de diligencia, podría ser un buen chofer de automóvil. Y me volví chofer de un automóvil negro y en él llegué a la Ciudad de México y al centro de lo que entonces no se llamaba la Revolución mexicana. Viví así esa primera etapa de una ciudad convulsa y confusa, cuya suma de tempestades e impaciencia provocarían la caída de Madero.

Basta. Paso a otras historias, otras literaturas. De modo que mi antepasado fue sencillo sotacochero y luego patricio chofer de automóvil, como castigo por sus errores de juventud. Por eso se salió antes de Mazatlán rumbo a la metrópoli. Ahora entiendo por qué hay dos diarios, el "oficial" y el disperso que me encontré en casa de mi tía. Jambrina, zorro político, algo sabía eso y en la ebriedad que compartimos me lo soltó sin darse cuenta, pensando que yo ya sabía del asunto, o quizás lo hizo por pura maldad o deseo de que yo supiese exactamente en dónde estoy parado… No quiero más revelaciones que parezcan delaciones y mejor me concentro en otra cosa, en una forma distinta de lectura y escritura, aunque siento que no puedo ni podré alejar este tema de mi cabeza.

Debo sacarme esta obsesión. Hago una reseña de un libro que leí, en mi mal francés, pero que por fortuna su autor ostenta una redacción clara, a ratos translúcida, que me permite caer en su descubrimiento. La editorial lo mandó al periódico y el solo nombre me cimbró: *Hijo de traidor*. Prosa gala. Redacción periodística, en el sentido correcto, elogioso del término. ¿Por qué al querer descalificar una novela de escritura directa y muy informativa dice la crítica que es "periodística"? Claro, no todos somos Truman Capote, Hunter Thompson o Roberto Arlt. Aclaro: confiamos en la fuerza de la veracidad y la belleza pura de la historia, aun con sus estremecedoras atrocidades. Mi lectura del libro y la reseña no me hacen hablar de *La banda del automóvil gris*. Bueno, eso creo. Los temas descubiertos parecen llevarme hacia el mismo lugar, a una sola revelación total.

Sorj Chalandon es un autor francófono nacido en Túnez en 1952, poco conocido en nuestra colmena, traducido de manera escasa pero positiva al español. Su libro es providencial para estos nuevos años veinte donde el revisionismo histórico hace arder viejas estatuas.

El problema es que Chalandon descubrió que su padre fue miembro de la fuerza destructora alemana, un miembro de un grupo de franceses voluntarios para pelear por la Alemania nazi. Un Waffen SS, encuadrado en la Legión tricolor y la División Carlomagno. El viejo lo ocultó por años hasta que en los ochenta se envaneció antes de haber peleado en Berlín durante la caída contra los rusos. Chalandon se quedó helado al presumirle a su progenitor esa vida secreta.

Años atrás, siendo adolescente, su propio abuelo le había dicho que su padre no era una persona de fiar. Al morir ese padre de muerte natural, alguien de su familia dio otra opinión más poética y directa: "Murió de nada". Decidido a confirmarlo, descubrió que en la prisión militar de Loos-les-Lille su padre estuvo encarcelado.

Fue a checar su expediente y cotejó: sí había sido detenido junto a un grupo de soldados en el caos de la Francia en ruinas, pero había sido exonerado porque, según esto, también había apoyado a la resistencia francesa discretamente. Es posible que este *perdón* fuese necesario ante la necesidad de la reconciliación y enfrentar al nuevo enemigo de la Unión Soviética. "Francia no necesita de verdad, si no de esperanza", declaró el presidente Charles de Gaulle.

Esta creencia se mantiene hasta que Chalandon encontró la carta que su padre envió al tribunal, argumentando su petición de clemencia. Jamás imaginó ese canalla que años después de ese acontecimiento nacería un hijo escritor y no solo alcanzaría a leer esa carta, incriminatoria, sino que se sentiría obligado a escribir un libro sobre esa tóxica herencia y denunciarla en público.

Chalandon concluye que durante el juicio a Klaus Barbie él era adolescente y estuvo junto a su padre ante la televisión y en ningún momento lo vio hacer un comentario o preocuparse. Lo miró con una tranquilidad demasiado poderosa. Al caer el muro de Berlín y sentirse más remota la Segunda Guerra Mundial, aquel hombre comenzó a envanecerse de haber alzado las armas contra su propia herencia con más brío que un *gauleiter* nacido en Alemania.

Nacer con un progenitor así te hace dudar de todo. ¿Esto es la vida? ¿Esto es mi vida? Padecer un bisabuelo a bordo de un automóvil asesino en vez de un padre no debe volver más impermeable mi conciencia.

LOS DOS AUTOMÓVILES NEGROS

Vamos al principio...

Ya despacha el presidente Madero instalado en la presidencia en 1912 cuando se le alza Pascual Orozco, una de las verdaderas bujías que dos años antes volvió realidad armada su prédica espiritista. Orozco, miembro de una educada familia de arrieros que trasiegan en el vasto norte que es Chihuahua y saben de armas y de conducir hombres, se revela como desesperado por falta de equidad y el retraso en la política agraria del nuevo gobernante. Su movimiento se vuelve una real amenaza y el presidente electo tiene que recurrir al Ejército Federal heredado, al que antes combatió con denuedo, para aplacar a su propia gente inquieta, incierta, para él, insensata.

Aquí aparece Victoriano Huerta, militar nacido en Colotlán, Jalisco, nombre que significa Tierra de Alacranes, zona depauperada por la que gravitan estáticos los místicos indígenas huicholes. Él tiene esa sangre y, niño estudioso educado por el párroco local, llegó a la adolescencia como uno de los pocos jovencitos del rumbo que sabían leer y escribir. Por eso logró ser secretario del general Donato Guerra —una de las glorias vivas en la lucha con los franceses que los trajo en jaque en las batallas frente a Mazatlán— cuando este pasó por el pueblo en busca de voluntarios para hacer carrera en las armas. Ingresa becado al Colegio Militar, como recompensa a sus servicios, y una vez ahí ya no deja de ascender. El propio presidente Benito Juárez lo reconoce en una visita que hace a la heroica academia.

Derrotar a Pascual Orozco en Bachimba pone más en lo alto al general Victoriano Huerta. Y Madero comienza a confiar en él, pero pocos entienden que es porque ya no le queda otra opción y no le es posible removerlo: el presidente de México entonces no tenía esa facultad legal, y no debemos olvidar eso a la hora de juzgarlo o acusarlo de tibieza.

En algún lugar cerca de Bachimba

(Del Diario de Francisco Versolari)

Dejé mi batallón cuando el teniente me dio una orden desesperada que cambió mi vida.

—Avise a mi general Huerta que el terreno se está secando. La artillería puede moverse. ¡Corra! ¡Quítele el caballo a uno de aquellos hombres que están apostados en la guardarraya! Son guías de Guanaceví y vienen conmigo. Que yo lo mando, dígales. Los orozquistas pueden madrugarnos. ¡Viva Madero!

—¡Nos vieron! ¡Vienen bajando por la cañada de los huizaches! —llegué gritando.

Mi general Huerta no se inmutó ni pidió el catalejo de campo, tan solo alzó sus pequeños binoculares personales y oteó a lo lejos con ellos, sin quitarse sus espejuelos ovalados, ladeando un poco la cabeza. Torció la boca; dos dientes laterales aparecieron en su rostro de basalto manchado por la lluvia.

—Tranquilo. Vamos a ver cuántos son y por dónde marchan.

La roca, incapaz de fisurarse, revelaba una arista. Me miró de arriba a abajo y se dirigió a uno de sus dirigentes escoltas.

—Avise al oficial que monte una ametralladora en la colina y vea la posibilidad de reforzar la posición. Herrera: vaya con quince hombres hacia allá, fórmense en la segunda línea y espere las órdenes del oficial al mando. Háganlo a pie, dejen las bestias aquí, a cargo del cabo de caballería.

—¿No quiere que le dé parte a Cienfuegos?

—No, no pierda tiempo. Él es militar de carrera y adivinará lo que estamos haciendo. De todos modos, luego de dar el mensaje vaya a prevenir a Pablo González, ese sí es más atolondrado y ladino. Es un truco muy viejo atacar el punto donde está el máximo mando, o sea yo, para poner nerviosa a la tropa. Vamos a darles desde aquí. Déjenlos que lleguen. ¡Toparon con piedra de molino!

Apostada a la ribera del cerro, y con frondosos árboles en la curva de la pendiente, se disimulaba una cuartería de roca poderosa, parecida a una factoría. Ahí entró el general, y sus hombres de confianza lo siguieron sin necesidad del menor gesto suyo. El fortín de lejos parecía reducido, y yo los seguí, incapaz de marcharme, esperando la orden de irme o quedarme; la verdad estaba fascinado por la figura hierática de Huerta.

La penumbra era fresca, perfumada de hojas de jacarandas caídas en el alféizar de una ventana rectangular, donde un jarro de barro había sido puesto para que se refrescara su contenido con la sombra y el aire del patio. Tomé un largo sorbo de esa agua, sin atreverme a pedir permiso, y sus sabores flotaron en mi garganta.

Sordos estruendos resonaron, dando ecos con la vecina barranca de pizarra terrosa donde por la noche fulguraban las fogatas de los alzados. Huerta ni siquiera volteó a ese lado, aunque dentro del fortín era imposible observar hacia aquel punto por carecer de ventanas; solo había muros con aspilleras para poder disparar bajo cubierto.

—No se asusten, no son cañonazos, esos ruidos suenan a dinamita, deben de estar cerrando algún camino o volando un polvorín. Tranquilos, estamos lejos de ese flanco. Dudo que vengan con cañones y que sepan manejarlos a tiros tan cortos. A menos que traigan con ellos a Felipe Ángeles, pero él anda muy ocupado en Morelos.

Victoriano Huerta se levantó, salió del cuarto con su Estado Mayor de campaña y se dirigió al resto de los hombres, de pie en la habitación más amplia.

—No creo que esos perros desgraciados traigan potencia de fuego de artillería, pero tampoco quiero sorpresas. ¡Todos los hombres que no estén de guardia y los civiles bajen al sótano! Serrano, venga conmigo a la azotea y traiga mapas, catalejos, dos botellas de coñac y a los guardias personales que me acompañaron en Bachimba. El resto que se quede aquí en la entrada y esté listo para llevarle órdenes a la gente de Lazcano, Moraila y Cienfuegos. Bonita va a estar la fiesta.

Se acercó a un mapa en la pared y señaló el vértice del trazo de un arroyo.

—Quiero siete hombres con armamento completo en este punto. Viene el calor, y los que se retiren por aquí van a tener sed después de mediodía. No se arriesguen si son muchos, solo vengan a avisarme. Este flanco no da peligro por sinuoso, pero quiero todas las espaldas cubiertas. Si mandan mujeres con cántaros, asústenlas con tiros al aire y esperen, a ver si son tan hombres para ir ellos mismos por su agüita —concluyó mientras vaciaba en su gaznate alcohol de su anforita metálica y comenzó a reír como el poseso que era.

Nada da más confianza a una tropa que tener un jefe competente y desquiciado como Huerta. Era famoso porque a sus tropas siempre se les pagaba a tiempo, y si no había dinero, mandaba saquear un banco, la casa de un rico y hasta una iglesia, dejando un recibo de su puño y letra: *"México puede vivir sin curas, pero no sin soldados"*... Después de verlo dirigir a las tropas, no me quedó duda de seguirlo hasta donde fuera. Pareció adivinar mis pensamientos.

—¿Cómo te llamas, muchacho?

—Francisco Versolari. A sus órdenes.

También reparó en el joven con medio uniforme que me escoltaba.

—¿Y tú? ¿Cómo te llamas? Ya te he visto aquí, pero todavía no me aprendo los nombres de los nuevos voluntarios fifí que me llegaron.

—Rafael Mercadante, señor.

—¿De la ciudad de México? Yo me he tomado copas con tío Aurelio en el Gambrinus. Vete con los de caballería al arroyo, y si matan a Dionisio, toma el mando. Si quedan muy lejos en el agarrón, mejor váyanse todos al otro flanco y repórtense directo con Pablo González porque yo me voy a replegar, a ver si estos mugrosos caen en la ratonera y de una vez les damos en toda su chingada madre. ¡Y cuádrense los dos, que les estoy hablando y soy su padre!

Génesis de una banda

¿Cómo lograron acuerparse esta bola de bandidos trepados en un automóvil gris para asolar a muchos y pocos con tal eficiencia e impunidad? La Decena Trágica hizo el milagro. Todos venían de diferentes mundos. De la calle vil, de la emergente clase media urbana adepta a las buenas costumbres y de cierta aristocracia pretenciosa. Lo mejor de cada casa. Rafael Mercadante, por ejemplo, era de una buena familia. No faltaban europeos. El fenómeno surge en un país dividido en facciones, durante el momento más caótico del proceso revolucionario, cuando por las calles de la capital transitan cientos de militares vestidos de caqui, con polainas de montar de grueso cuero, sombreros de ala corta de dos o cuatro "pedradas" y oficiales en automóviles de gatillo alegre. No hay circulante, y las joyas y el oro son el material más preciado para negociar. Un vacío de poder y una policía que daba más importancia a la vigilancia política.

Todos ellos se conocieron en la cárcel, la mejor escuela de cuadros de la delincuencia en cualquier época, y contaron con el apoyo del poder político en turno. Así de sencilla es la explicación, sumando el caos de una ciudad que iba y venía como botín de los grupos que se turnaban el poder. Y aunque aparece poco en las crónicas de la Revolución y casi no se le menciona luego de su participación en la Decena Trágica, la figura de Félix Díaz y sus tropas fueron una amenaza constante a la ciudad que aparecía en los periódicos y partes militares. De repente atacaba Puebla, Morelos, o acciones diversas en Veracruz.

No se le menciona tanto porque nunca tuvo una acción definitiva, pero por años merodeaba las regiones cercanas de la ciudad sin acercarse, como un alfil de ajedrez a la espera de su momento. De no haber sido por su apellido, su imagen se hubiese diluido como las de otros caciques militares que creaban sus cotos de poder en los pocos vacíos que dejaron Carranza, Villa, Zapata y Obregón. Y según fuera el momento, se aliaba con ellos, así como Saturnino Cedillo en San Luis Potosí o los Figueroa en Guerrero. Pero una de sus acciones fue la que marcó la historia y generó de manera indirecta la existencia de La banda del automóvil gris: la fuga de la Ciudadela.

El lunes iniciaron los cañonazos. La Decena Trágica más bien fue una quincena, el momento en el cual el Distrito Federal supo lo que era una revolución en marcha. El general Manuel Mondragón estaba preso en la capital y Félix Díaz, el sobrino del presidente, luego de haber sido detenido en Veracruz, fue llevado también a la ciudad de México, lo que *a posteriori* se consideró un gesto ingenuo.

Ahora las dos principales mechas para encender la contrarrevolución estaban en una misma cárcel, cerca de un mundo de conspiradores. Diversos díceres afirman que Victoriano Huerta no se animó entonces a sumarse de lleno al movimiento que contaba con la bendición de la embajada de los Estados Unidos, según el tortuoso embajador Herny Lane Wilson. Una versión sostiene que Huerta sabía bien que él no iba a ser la máxima figura; otra sostiene que su prudencia política le hizo concluir que aún no era el momento y dejó pasar los días, a ver cómo se daban las cosas. Se dice que comentó que Madero no era una pieza clave, pero que su hermano Gustavo sí tenía muy buenos pantalones.

Gustavo había sido uno de los genios financieros de la Revolución maderista, y fue blanco de críticas por autopagarse algunos gastos hechos en pro del movimiento. Madero, en otra torpeza más a ojos de sus críticos, lo estaba enviando a Japón a una misión diplomática cuando más necesitaba gente de confianza en torno suyo. La presencia de Japón en México y la importancia que daba a Madero no era gratuita, ya que el

Imperio del sol naciente buscaba aliados ante la hegemonía del vecino del norte. Solo faltaban treinta años para Pearl Harbor, el océano Pacífico era un lago gringo cuyo eje era Hawái desde que el Tío Sam le quitara a España las Filipinas, y eso no gustaba para nada a un Japón ansioso del petróleo de Yakarta y de ampliar su influencia no solo hacia el sur, sino hacia todo el mar frente a la bahía de Tokio. México ahí aguardaba.

El 9 de febrero de 1913, los generales Félix Díaz y Manuel Mondragón se posesionaron al fin de la Ciudadela, y los cañones abrieron fuego. Un sector de la muralla de piedra de la cárcel de Belén hizo que los guardias abandonaran sus puestos de vigilancia, y entre fuego, humo y nubes de cal, los reos salieron a la calle gozosos de poder volver a la delincuencia. Ahí estaban el futuro general Higinio Granda, el gran ladrón de cajas fuertes, Amado Bustínzar, el joven patricio Rafael Mercadante y el aventurado español Francisco Oviedo. Antes de salir, inteligentes que eran, destruyeron los expedientes donde sus fechorías estaban registradas y se perdieron por los barrios de Candelaria de los Patos, las Trancas de Guerrero, San Bartolomé de las Casas, y hasta la famosa Santa Julia, donde aún se hablaba de un tigre bandolero más dañino que un ataque de diarrea.

Cuando Victoriano Huerta se deshizo de Madero, puso al ingeniero Enrique Cepeda como gobernador del Distrito Federal. Este, al instante, situó al detective Antonio Villavicencio como jefe de la policía reservada, o sea, la secreta. El mismo día en que tomó posesión, su trabajo fue tratar de localizar a los reos fugados de la cárcel de Belén el 9 de febrero. Tuvo un golpe de suerte: esa élite criminal había destruido los archivos, pero olvidaron el libro de entradas y salidas de la puerta de recepción. Ahí estaba la nomenclatura de ese grupo.

Mariano Sansí, originario de los bajos fondos de París, era un "apache" en su patria, venido directo de la Rue de Lappe y de esos barrios siempre sonoros por el rumbo de donde antaño se erigiera la Bastilla.

Ojos esmeralda y piel bronceada que le daban un toque de gitanería, complementaba su atuendo con el uniforme de su oficio: gorra de visera encasquetada, botas amarillas y un suéter a rayas bajo la chaqueta, además de un caminar propio de la chulería. Era pionero de algo que no se conocía en México: el delincuente que se viste como delincuente para ejercer mejor su oficio. Ese suéter a rayas blancas y negras fue el gran distintivo.

Sí, era de una modernidad aplastante que por primera vez un miembro del hampa no disfrazara su origen y condición ante las autoridades que lo toleraban, aceptaban o fingían no verlo. El traficar mujeres, un delito tomado como mal necesario para desfogar el riesgo de violaciones, era un menester social, y se toleraba a los que lo ejercían bajo esa indumentaria, reconocible como el farol que alumbra a la sexoservidora o el novedoso foco en la entrada de la casa *non sancta*… Menos de tres décadas después, los pachucos alzarían su estilo de sombrero ancho y ropa colorida para no dejar duda a la distancia de quienes eran al caminar por las calles de esa Ciudad de México tan impermeable a las desgracias. Y en los cincuenta y sesenta, los *rockabilly* gringos usarían esos mismos suéteres de rayas negras y blancas, bajo la chamarra de cuero o el saco de vestir, para desafiar a Marlon Brando o a los jacarandosos chómpiras del barrio.

Esa labia y aire exótico de engolada pronunciación le daba un plus ante las damas ingenuas, las cuales creían estar ante un Alfredo de Germont que no era más que un Barba Azul mezclado con el Fantômas de Pierre Souvestre.

En ese tiempo las prostitutas francesas eran muy populares, y por mucho tiempo la palabra "*madame*" no podía usarse en público delante de las señoras, solo con "esas señoras"… Entonces las damiselas mexicanas cobraban cinco pesos "por las dos cosas" y solo las francesas pervertidas cobraban lo mismo por "las tres cosas". En ese mundo Mariano Sansí dejaba su marca, un marqués de *maquereau*, un chulo francés que, era buen pasaporte para servirse de una chica galante venida desde las antiguas Galias.

Rafael Mercadante resultó ser un caso muy triste, ya que a pesar de su familia honorable, ya había participado en varios hechos penales, aunque todavía era considerado novato, al igual que Manuel Palomar, otro de una familia intachable, que se estrenó robando a la ferretería Sommer Herman, S.A., donde trabajaba y gozaba de toda la confianza de sus patrones. Ese antecedente estaba en el libro recuperado.

Santiago Risco era el otro de origen español, venido a México en busca de fortuna. Estafas, robos, malvivencia y una suma de delitos menores más lo hacían entrar y salir de la cárcel constantemente. Era un personaje digno de las novelas ejemplares de Cervantes y podría haberse puesto al tú por tú con Rinconete y Cortadillo.

Enrique Rubio Navarrete, hermano del capitán de los mismos apellidos y oveja negra de una familia ilustre, por mala cabeza había ingresado a las filas de la delincuencia. Ramón Beltrán, alias el Gurrumino, y J. Refugio Hernández tenían extensos historiales como ladrones y también como participantes de no pocos hechos sangrientos. Su audacia y peligrosidad estaban fuera de toda duda. Francisco Oviedo, hijo de una familia pobre pero honorable, se fue aficionando al alcohol y a la mariguana desde temprana edad y por mantenerse los vicios cometió muchos delitos. Su padre era un honesto ferrocarrilero que se sacrificó para que Francisco cursara al menos hasta el sexto año de primaria, en un tiempo donde el tercero se consideraba la opción mínima para defenderse en la vida. Algunos le decían al honrado señor "don Chepito mariguano", recordando a un popular personaje de José Guadalupe Posada, aunque aquí el fumador era su descarrilado hijo.

Pero bien sabía el detective Villavicencio que el pez más gordo era el español Higinio Granda Fernández, quien por entonces contaba con treinta y cinco o treinta y siete años. Granda era valiente, decidido, sagaz, astuto e inteligente. Más de veinte veces había estado en la cárcel de Belén, y en muchas ocasiones supo escapar de la ley utilizando sus pistolas. De no haberse dedicado a la delincuencia, sus cualidades y talento lo hubieran convertido en un hombre útil y destacado.

Higinio Granda Fernández había llegado a México junto con su hermano Juan, que era su reverso: honorable, trabajador y eficiente. Ambos nacieron en la provincia de Asturias, en un pueblo llamado Cangas de Tineo y eran hijos de honrados agricultores.

Desembarcaron en México con la idea de hacer fortuna buscando a unos parientes que tenían una fábrica de gaseosas en la calle de Arcos de Belén. Cuando comenzó la Revolución, Juan se fue al estado de Guerrero para enrolarse en las fuerzas del general Amador Salazar, distinguido zapatista. Higinio, en cambio, se quedó en la Ciudad de México para convertirse en una celebridad de la delincuencia capitalina. Por último, se encontraban también Ángel Fernández Teixeiro, español, y Antonio Vila, ambos con un extenso expediente delictivo.

Cada uno de estos datos e información la archivaba en su brillante memoria el famoso detective Villavicencio, que en parte debía su éxito y su ya larga fama a esa cualidad mental. Cuando terminó de recordar comprendió que debía seleccionar a sus mejores detectives para poder lograr la recaptura de estos delincuentes, sin contar con que la cifra total de aquellos fugitivos de la cárcel de Belén ascendía a cientos, a quienes también debía reaprehender, según la orden recibida del gobernador del Distrito Federal.

Y pronto el plan de Antonio Villavicencio se vio coronado por el éxito. Una noche, en las calles Luna, en la colonia Guerrero, uno de los seleccionados detectives pudo capturar a nada menos que a Francisco Oviedo. Al enterarse de esto, Higinio Granda decidió huir de la ciudad. Entonces se acordó de su hermano Juan, quien ya era coronel zapatista y pertenecía a las fuerzas del general Salazar. Así, Higinio fue a buscarlo, y al encontrarlo se metió de soldado bajo sus órdenes, llegando a capitán en poco tiempo, debido a méritos en campaña, ya que acababa de comenzar otra "bola".

Diez de la noche.

Dos automóviles negros avanzan.

Sábado. 22 de febrero de 1913.

El presidente Madero y el señor José María Pino Suárez están recluidos con las luces apagadas.

Irrumpen el coronel Joaquín Chicarro y el mayor de rurales Francisco Cárdenas. El mayor viene vestido de charro.

Sí, parece que viene de un jaripeo o va a desfilar por la calle de Plateros el 15 de septiembre.

Porta su imprescindible corbata de lazo rojo. El pantalón, con ligeros flecos viriles para acampanarse al calzar las botas, que resuenan como si llevara espuelas. No es así. Son solo unos broches de cuero para ajustarlas con herrajes de plata que tintinean de forma parecida a las rodelas ecuestres.

¿Por qué van de civil, como gente de campo? Es una manera de tratar de hacer creer que no intervienen fuerzas oficiales en este asunto. Uno que, para volverlo más creíble y fácil de manejarse, se decidió que se ejecutaría con métodos modernos. Con dos automóviles negros.

—Señores, levántense.

—¿A dónde vamos? —pregunta el presidente Madero.

—Vamos afuera... a la penitenciaría. Aquí ya no es su lugar —responde Cárdenas.

Están en Palacio Nacional. Llevan cinco días presos en la intendencia. Sí: la sede del poder es su propia cárcel. Ahora irán a otra con un nombre más definido, aunque todo ese Palacio es una forma más compleja de prisión y penitencia.

Felipe Ángeles hace una pregunta en un tono que no se sabe si es afirmativo o sembrado de duda.

—Yo también voy.

—Mi general, usted se queda —contesta el coronel Chicarro antes que el mayor Cárdenas, quien se sorprende, pero calla.

El general Felipe Ángeles abraza a sus dos amigos.

José María Pino Suárez, metros más adelante, voltea y le dice:

—Adiós, mi general, ya no lo veré.

Ángeles piensa en la palabra penitenciaría: recuerda la primera vez que vio los planos del pabellón de Lecumberri, copia exacta de una cárcel modelo en Burdeos, Francia, plano cedido con gusto por el gobierno francés, deseoso de aportar ideas para la reinserción social y evitar el hacinamiento normalizado y criminal en los calabozos mexicanos. Una prisión moderna, diseñada para usar pocos guardias con su torre central panóptica. Todo lo bueno venía de Francia.

Nadie imaginó que ahí sería el destino final de un presidente.

Al menos, piensa Ángeles, en este asunto no hay ninguna intervención de los franceses. Es un complot urdido en la embajada estadounidense. México para los americanos.

Afuera se suman al grupo el oficial de rurales Rafael Pimienta, el cabo segundo Francisco Ugalde, el capitán Agustín Figueras y otros rurales más. A las puertas del Palacio esperan en marcha los dos automóviles negros. El primero es un Protos, propiedad de Alberto Morphy, esposo de una sobrina de doña Carmelita, la mujer de don Porfirio Díaz. Aborda al presidente Madero. Francisco Cárdenas va junto a él. El otro automóvil es un Packard, propiedad del cuarenta y una veces famoso yerno de don Porfirio, Ignacio de la Torre y Mier. El licenciado Pino Suárez sube, custodiado por el capitán Agustín Figueras y por el oficial de rurales, Rafael Pimienta. El automóvil que no llega a la cita es propiedad del mazatleco Cecilio Ocón.

Los dos automóviles avanzan por la calle del Reloj, dan vueltas por la calle de Cocheras y enfilan hacia el antiguo terreno que era propiedad de un español, Lekunberri, que al migrar del vasco a la grafía mexicana la palabra se mudó a Lecumberri. Los llanos de Balbuena lucen desolados, más en la oscuridad sin luces, aunque de repente los fanales iluminan algún arbusto reseco que revela fosforescentes extremidades, cual esqueleto erguido, retorcido. Al llegar frente a la puerta del penal, un auto se detiene un momento y, al reemprender de nuevo la marcha en forma lateral, luego de una silenciosa pausa inexplicable, el presidente Madero pregunta alertado:

—¿Hacia dónde vamos?

—Vamos a entrar por atrás —dice Cárdenas, seco.

—No hay puertas —responde firme Madero, quien conoce el sitio. Guarda silencio. Solo quiere dejar asentado que sabía bien dónde estaba.

En esos cercanos llanos de Balbuena, Madero cometió la criticada hazaña de ser el primer presidente del mundo en subirse a un avión. La situación apunta a que pronto iniciará ahí su ascenso hacia los misterios del cosmos teosófico de los espíritus. Pronto Madero será luz sonora.

Los automóviles enfilan por una calle angosta, empedrada y totalmente oscura, a cuya derecha se adivinaban los muros de la penitenciaría. Los dos autos negros se detienen. Aún hoy se discute si el sacrificio fue adentro o en las afueras del penal.

Francisco Cárdenas le dice a Madero:

—Baje usted.

Y acompaña sus palabras con un empellón en la base de la nuca.

El presidente constitucional Francisco I. Madero, primero en el siglo XX mexicano en ser elegido por mayoría electoral, desciende del vehículo y, apenas pone pie en tierra, el mayor Francisco Cárdenas le descerraja un tiro en la cabeza.

Cae de bruces, muerto, aunque sus brazos y cuello se mueven por unos segundos. Eran los reflejos atrapados en sus nervios, súbitamente desprendidos de comunicación con el sistema central, cercenados de un cerebro que antes, al procesar textos espiritistas y de luchas democráticas, adquiría un vuelo propio, lleno de certezas y resplandores.

Al mismo tiempo, en otro automóvil, el señor licenciado José María Pino Suárez es obligado por el oficial de rurales Rafael Pimienta a bajar del vehículo y tropieza cayendo a tierra. Pimienta le dispara casi en el instante que se oye a unos metros el estampido que cegaba la vida de Madero.

Ya herido, Pino Suárez trata de correr gritando:

—¡Ayuda!

Cárdenas, al oír el grito, con inmediata puntería le suelta un balazo. Esta vez, herido en la cabeza, el poeta Pino Suárez rueda al suelo, pero aún no ha muerto. Entonces se ordena a los gendarmes fulminar a balazos el cuerpo yacente, y Cárdenas concluye con el tiro de gracia, otra vez contra la cabeza. El mayor Cárdenas regresa hacia donde estaba en el suelo el señor Madero y dispara otra vez sobre la cabeza del presidente de la República, quien desde el primer plomazo ya estaba muerto.

Entran a Lecumberri. Un sarape gris aparece. El celador, que pocos años después da su testimonio, lo extendió encima de la tierra junto al automóvil Protos en uno de los patios. Otro guardia abre la portezuela y en la oscuridad observa los dos cuerpos inertes: sobre el poeta Pino Suárez se había puesto el cadáver tinto en sangre del presidente Madero. Colocan, entonces, a Madero y a Pino Suárez sobre el sarape gris que pronto se ennegrece. Cavan dos fosas que no alcanzan ni siquiera el metro de profundidad, los cargan con el sarape y los hacen rodar; ambos cadáveres quedan casi a ras de suelo. El sarape es incinerado. No, no jugaron suertes a ver quién se lo quedaba.

El Protos se alejó de la penitenciaría con uno de los fanales roto y la linterna destrozada por las balas. El otro automóvil Peerles de alquiler había hecho lo propio. Ambos vehículos se perdieron bajo el capote extendido de la noche.

La familia Madero se enteró de su muerte al día siguiente por la prensa. Nadie se animó a ir a dar la noticia a la embajada japonesa donde se refugiaban. Los asesinos dejaron correr la noticia a su propia velocidad. Una revuelta iniciada con dos automóviles negros. Como no podemos seguir la huella del dinero, sigamos las rodadas de los automóviles.

Los preparativos del crimen

En septiembre de 1914, una vez consumado el triunfo sobre el cuartelazo del traidor Victoriano Huerta, los revolucionarios abrieron una exhaustiva investigación para encontrar a los autores intelectuales y materiales de los asesinatos de Francisco I. Madero y José María Pino Suárez.

Dos hechos se volvieron clave para la reconstrucción de los crímenes:

1. Haber encontrado los automóviles en que fueron trasladados Madero y Pino Suárez a la penitenciaría de Lecumberri, donde cayeron asesinados.

2. Ubicar a los choferes que condujeron los vehículos… muchos se preguntarían años después si entre ellos no habría un futuro miembro de La banda del automóvil gris. Los conductores capaces se contaban con los dedos.

De acuerdo con diversas declaraciones, la forma como debían morir Madero y Pino Suárez fue discutida previamente por los principales autores del golpe de Estado: Victoriano Huerta, Félix Díaz, Cecilio Ocón, Aureliano Blanquet, Manuel Mondragón y el yerno de Porfirio Díaz, Ignacio de la Torre. Los detalles se ultimaron durante la tarde del sábado 22 de febrero de 1913 y, para construir una versión oficial y ágil de los asesinatos, era necesario el uso de dos automóviles.

Hacia 1913, el entonces Distrito Federal tenía un millón de habitantes y poco más de dos mil quinientos automóviles. Con excepción de las familias acomodadas que aún permanecían en México y que contaban con auto propio, la mayoría de los vehículos era de alquiler. En la muerte de Madero y Pino Suárez estuvieron involucrados un auto de propiedad particular y otro de alquiler.

La tarde del 22 de febrero, Alberto Morphy, simpatizante de Félix Díaz, puso a disposición de Cecilio Ocón, otro de los protagonistas de la Decena Trágica y de la caída de Madero, un automóvil de su propiedad, marca Protos Washington, número 931, motor P.E.S Gewgwittehk 105, Landalet, de cuatro cilindros de dieciocho a veintiún caballos de fuerza. El Protos era uno de los mejores automóviles del momento. Lo anunciaban como "el gran vencedor en la carrera México-Puebla de 1911". El auto presidencial también era de esta marca.

Luego de llevar a Ocón a distintas direcciones para afinar los detalles del crimen, el Protos conducido por Ricardo Romero se dirigió a Palacio Nacional con el fin de ponerse a las órdenes del mayor de rurales, Francisco Cárdenas. El automóvil ingresó al patio de honor y se estacionó frente a la intendencia.

Esa noche el chofer regresó con el Protos a casa de Morphy, pasadas las dos de la mañana del 23 de febrero, e indicó al mayordomo que nadie debía acercarse, y mucho menos tocar el automóvil. El vehículo mostraba impactos de bala y en el interior rastros de sangre. En los días siguientes, el propio chofer se encargó de cambiar uno de los faros que también estaba roto por efecto de los disparos. El automóvil no volvió a circular hasta que fue descubierto y decomisado por los revolucionarios en septiembre de 1914.

El otro vehículo utilizado en la fatídica noche del 22 de febrero era marca Peerles, con número de motor 661, carrocería abierta y siete asientos. Pertenecía al negocio de alquiler de autos del inglés Frank Doughty, ubicado en el número 6 del callejón de López. El coche tenía el número 2263 y había sido arrendado por instrucciones de Nacho de la Torre, yerno de don Porfirio… A diferencia de otras ocasiones en que Nacho alquilaba un automóvil descapotado para sus paseos fuera de la ciudad, ese día solicitó uno con toldo, lo cual no dejó de extrañar. Cerca de las ocho de la noche, el chofer del negocio, Ricardo Hernández, recibió la indicación de presentarse en Palacio Nacional y ponerse a las órdenes del mayor Francisco Cárdenas. Minutos después, ese Peerles se encontraba estacionado en el patio de honor, frente a la intendencia, detrás del automóvil Protos.

El chofer regresó el Peerles al sitio de alquiler entre las cinco y las siete de la mañana del 23 de febrero. Su estado era deplorable: seis agujeros de bala y cubiertas de asientos y respaldos manchados de sangre. Al verlo en esas condiciones, Frank Doughty reclamó una indemnización a Nacho de la Torre. El yerno de Porfirio Díaz le dijo que fuera a Palacio Nacional y ahí le pagarían. El nuevo gobierno, encabezado por Victoriano Huerta, se negó a soltar un peso. Doughty insistió en repetidas ocasiones, hasta que el gobierno finalmente autorizó la compostura del auto y, gracias a la intervención de la legación inglesa, logró que le pagaran una indemnización de cuatro mil pesos. Se sentían tan impunes y vencedores que no vieron ni una pizca de error en dejar un cabo suelto y, aparte, ante un extranjero blindado con la ética protestante.

El auto volvió a circular meses después. Se creían que todo era asunto terminado. En septiembre de 1914 un Protos Peerles fue reconocido por varios testigos.

Peerles, en el inglés de Oxford, es algo sin igual, incomparable, sin par.

(Los dos conductores)

Para Ricardo Romero y Ricardo Hernández, su vida fue otra a partir de aquella noche del 22 de febrero de 1913. Cerca de las 22:30 horas, ambos choferes vieron salir de la intendencia del Palacio Nacional al expresidente y al exvicepresidente. El mayor Francisco Cárdenas ordenó a Madero que abordara el automóvil Protos; Pino Suárez, custodiado por el teniente Rafael Pimienta, subió al Peerles. Cerca de las once de la noche, los dos automóviles abandonaron Palacio Nacional, tomaron la calle de Moneda y dieron vuelta en Ferrocarril de Cintura para llegar a la penitenciaría de Lecumberri. Al llegar a la entrada principal, los coches se detuvieron y un oficial les indicó que debían ingresar por la parte posterior del edificio. Ni siquiera los fanales de los autos podían atravesar la oscuridad de la noche. Los llanos de San Lázaro eran literalmente una boca de lobo. Los vehículos hicieron alto, uno detrás de otro. Cárdenas obligó a Madero a descender del auto y en ese instante le disparó dos veces en la parte posterior de la cabeza. El cuerpo exánime de Madero cayó al piso lleno de sangre. Pino Suárez, que también había descendido del vehículo, al percatarse de la suerte de su amigo, intentó huir pidiendo auxilio. Rafael Pimienta tomó su carabina y, con ayuda de varios hombres, dispararon indiscriminadamente sobre el otrora vicepresidente, cayendo acribillado por los impactos de bala.

Consumado el crimen, el resto de los hombres cortaron cartucho y dispararon en repetidas ocasiones sobre los dos automóviles. Minutos más tarde, los vehículos se perdían en la noche, llevando consigo la huella del crimen. A la mañana siguiente, la versión oficial difundida por la prensa señalaba que Madero y Pino Suárez habían muerto cuando un grupo de partidarios intentó rescatarlos.

En septiembre de 1914, las autoridades revolucionarias se presentaron en el estacionamiento, propiedad del señor Agustín Escudero, lugar al que habían sido llevados los dos automóviles después de ser decomisados. El Protos Peerles color azul oscuro no mostraba ningún rastro de lo ocurrido más de un año antes. La reparación había sido impecable, aunque se le habían colocado piezas de un Packard, como el radiador y las ruedas traseras.

Sin embargo, el automóvil Protos aún manifestaba señales de lo que pasó. La carrocería estaba agujereada, tres tiros eran visibles en el costado izquierdo, uno más en el tablero, otro en el marco de la puerta que atravesaba la vestidura interior; dos orificios de bala se observaban en el lado derecho y en el forro de paño verde oscuro, con cubrepolvo gris; aún eran evidentes las manchas de sangre. Sin duda, una de las páginas más trágicas de la historia de México se había escrito sobre cuatro ruedas, cuatro cilindros y varias manos invisibles.

El samurái diplomático
(Del *Diario* de Francisco Versolari)

*Al parecer, fragmento
o borrador de algún artículo periodístico.

La noche del 9 de febrero de 1913, el diplomático japonés Horiguchi Kumaichi durmió en un sofá de la embajada nipona en México, en la calle de Orizaba de la colonia Roma. Yo, que había conocido muy bien el consulado japonés en Mazatlán, frente a la plaza Zaragoza, me hice visita frecuente en la embajada japonesa al irme al Distrito Federal. Llevé un mensaje y obsequio del doctor Togo para su excelencia el embajador, y de ahí salieron más favores provechosos y cortesías mutuas. Vivir en la metrópoli no me libraba de ser mandadero. Antes lo fui de rancheros sencillos, hoy de grandes diplomáticos que vieron en mí un brillo por ser un joven letrado. Ser escribiente o redactor de discursos es para los políticos otra forma de servidumbre.

El embajador Kumaichi había cedido su recámara, la principal de la casa, a los padres del presidente Francisco I. Madero, quienes al atardecer de aquel día se habían acogido a la protección de la sede diplomática, amedrentados por los riesgos que corrían a causa del cuartelazo que, en las primeras horas de aquella jornada, había intentado derrocar el gobierno. Con los padres de Madero iban dos de sus hijas, con sus niños, asistentes y servidumbre.

¿Qué pensaría don Evaristo Madero de que tanta educación invertida a sus hijos en Estados Unidos y Francia, así como el honor en los ideales, los llevaría a esa situación de incertidumbre en la embajada del país más remoto e inimaginable?

Al grupo se unió doña Sara Pérez, la esposa del mandatario, quien el resto de su vida vistió de luto hasta 1952. Fue sepultada con la bandera de la Cruz Blanca, la cual ella fundó en 1911 con la pionera del feminismo mexicano, Elena Arizmendi, representada en las futuras novelas de José Vasconcelos como "Adriana".

De golpe, la embajada japonesa tuvo que alojar a más de treinta personas. Horiguchi recurrió a la comunidad asentada en la capital, que no solo lo proveyó de camas y enseres, sino que se quedó en la casa para protegerlos, durmiendo donde pudieron acomodarse, lo mismo en una mesa de billar que dentro de los autos. Era un compromiso proteger a aquellos mexicanos.

A Horiguchi lo movían dos grandes lealtades, cristalizadas en un ético sentido del deber: la amistad que unía a Sara Pérez y a Suchina, su esposa de nacionalidad belga, y la excelente relación entre México y Japón, fortalecida por tratados de amistad en tiempos de Porfirio Díaz y que no había menguado con la Revolución maderista y el consecuente cambio de régimen. El diplomático le prometió a doña Sara Pérez que ayudaría al presidente Madero en todo lo posible.

Los japoneses se disputaban la arriesgada misión de ir en busca de alimentos o llevar textos telegráficos a la Oficina del Cable, en la calle Cinco de mayo, para informar a Tokio de los sucesos en México. Así, la comunidad se convirtió en guardiana de la embajada, pues corrió el rumor de que por asilar a la familia Madero sería asaltada por los golpistas. El 15 de febrero, Horiguchi y más de veinte japoneses, armados con pistolas, rifles y katanas, montaron guardia toda la noche, esperando un ataque que nunca se produjo. El gesto le valdría al embajador un sobrenombre: el diplomático samurái.

Aquellos lóbregos días corrieron con rapidez. Desde la azotea de la embajada, la familia Madero miró una enorme columna de humo negro elevarse a unas pocas cuadras: era la casa familiar, en la vecina colonia Juárez, incendiada por "enemigos" del presidente. Una tradición oral ubica a doña Sara Pérez desde la esquina de Berlín y Liverpool, en estado de *shock*, viendo arder la casa de sus suegros. Dicen que, al advertir su presencia, los atacantes se lanzaron contra ella y Horiguchi la protegió envolviéndola en la bandera japonesa, hablando con la fuerte voz de mando, un gran daimo ante el viento divino.

Horiguchi, poniendo por delante las excelentes relaciones, explicó a Victoriano Huerta, quien ya se había apoderado de la presidencia de la república, sus razones para proteger a la familia Madero, como lo hubiera hecho con cualquier otro mexicano que se lo solicitase. Incluso pudo ver al expresidente derrocado, preso aún en la intendencia de Palacio Nacional. Le tocaría, pocos días después, una agria misión: solicitar, junto con otros embajadores, la entrega de los cadáveres de Francisco I. Madero y José María Pino Suárez, asesinados la noche del 22 de febrero. Horiguchi anotó en su diario la causa de la muerte del presidente: dos balazos en la parte posterior del cráneo.

Del *Diario* de Francisco Versolari

Febrero 23, soleado. Una mujer, amiga íntima de la señora Madero, acudió corriendo a dar la noticia de que el presidente, junto

con el vicepresidente, cerca de las once de la noche, había sido asesinado cuando era trasladado del Palacio Nacional a la nueva prisión. No bastarían papel y tinta para lograr describir la estupefacción y lamentos de la señora Madero al escuchar la nefasta noticia.

No pudiendo soportar ver el dolor de la señora Madero, acompañada del embajador español, el señor Bernardo Cólogan, acudí de inmediato a visitar la residencia del nuevo ministro de Gobernación para negociar la entrega del cadáver del señor Madero. Sin embargo, el ministro del interior nos dijo que le era difícil poder tomar una decisión él solo, debido a que era jurisdicción del ministro del Ejército. Inmediatamente fui a visitar al señor Mondragón en el Departamento de Guerra. Estaba ausente.

Entonces, una vez más fui a la prisión con el embajador de España, pero en la prisión se nos dijo que no se podía tomar ninguna medida si no tenían la orden del ministro del Ejército. Junto con el ministro de Alemania y el ministro de Inglaterra, hice una visita al ministro de Relaciones Exteriores, el señor de la Barra. Expresamos nuestro deseo de que se pospusiera la recepción que tendría al día siguiente con el ministro de Relaciones Exteriores y se enterrara al expresidente en una ceremonia digna. Además, acompañando al ministro de Inglaterra, nos dirigimos a la embajada de los Estados Unidos y hablamos con el embajador norteamericano acerca de lo que le habíamos dicho al señor de la Barra. Como resultado de las pláticas con los ministros, se decidió que el cadáver sería entregado a sus familiares a las dos de la tarde. Con el permiso que obtuve del señor Mondragón, pasé a ver el cuerpo de Madero. El cadáver de Madero presentaba dos orificios de bala. Uno de los tiros atravesaba desde la parte trasera del cráneo (la cavidad de la nuca) hasta la parte frontal de la cabeza, y el otro tiro traspasó de la parte posterior de la cabeza hasta una de las sienes.

Horiguchi acompañó a la familia Madero en un viaje por tren hasta el puerto de Veracruz. Allí no se separó de ellos, extendiendo su protección hasta que todos, veintitrés personas, estuvieron a bordo de un barco que los sacó de México. Doña Sara fue a Cuba bajo la protección del diplomático Márquez Sterling, luego a Estados Unidos y solo hasta 1921 retorno al Distrito Federal, donde vivió en la calle Zacatecas número 8, con una pensión del gobierno. El entonces niño José Emilio Pacheco varias veces la vio cuidando sus rosales, siempre de luto.

Dos meses después de salvar a los Madero, el diplomático samurái, Horiguchi, quien estaba aquí desde 1909, recibió por parte del *mikado* la orden de dejar nuestro país. El ministro compuso el siguiente poema y se encaminó de regreso a Japón:

Me atrevo a decir, el prestigio de nuestra nación se enaltece,
Se planearon estrategias a lo largo y ancho
para salvar esta crisis,
Se han apaciguado los disturbios y queda la paz
y tranquilidad,
Con las velas hinchadas con viento favorable,
emprendo el camino de regreso a mi patria.

(Anotación anónima manuscrita en el diario:) Aquí Versolari dice que conocía bien la embajada, pero en ningún momento afirma directamente que estuvo ahí apoyando a la familia Madero en esos días. La prosa puede hacer creer al lector apresurado que formó parte de primera mano. No dice nada sobre si aún seguía fungiendo como chofer del automóvil de Cecilio Ocón.

Fui a recoger el cadáver
(Acompañando a la familia hasta Veracruz)

TEXTO EXTRAÍDO DE *EN EL OTOÑO DE UNA NACIÓN QUE SE DESGARRA*, BIOGRAFÍA CRÍTICA DE HORIGUCHI

Uno de los personajes más conocidos de la Revolución Mejicana fue Francisco I. Madero, quien entonces dijera que estaba en contra del mal gobierno de Porfirio Díaz debido a que no permitía la verdadera democracia en Méjico. Madero logró que Díaz abandonara al país y viviera sus últimos años en Europa, mientras que él tomaba posesión como presidente de Méjico un día 6 de noviembre del año 1911. Sin embargo, su gobierno duró solo un año, ya que el 22 de febrero de 1913 sería ejecutado junto con su vicepresidente José María Pino Suárez, tras un golpe de Estado orquestado por Victoriano Huerta.

Se preguntarán cómo fue esta autopsia del presidente de Méjico. En una crónica destaca que "en la plancha de autopsias yacía el cuerpo desnudo, perfectamente limpio; frío como las paredes del anfiteatro de la penitenciaría de Lecumberri. Su palidez se mezclaba con la luz de las bombillas que cotidianamente iluminaban aquellos cadáveres recibidos por muerte violenta". Prosigue: "El cuerpo medía un metro con sesenta y tres centímetros, de complexión delgada, además en ese instante tenía cierta apacible mirada, la cual era resaltada por una tupida barba de candado, provocando tranquilidad, nunca temor".

El cadáver de Francisco I. Madero mostraba una serie de cortes ejecutados quirúrgicamente por aquellos médicos huertistas para poder determinar a esta tan "desconocida" causa de su deceso, y es que de acuerdo con aquella autopsia, sin duda el que este ahora extinto presidente quizá nunca hubiera podido alcanzar una vejez, porque a sus apenas treinta y nueve años Madero padecía de hipertensión. En la autopsia se indica "en la cavidad torácica, el corazón se encontraba hipertrofiado en el ventrículo izquierdo". En el informe de la autopsia nunca se mencionaría al asesinato como causa de muerte.

El rostro de Madero se parecía a una imagen sacra. Estas cuatro escoriaciones que el cadáver muestra en la parte frontal apenas eran perceptibles. Las pequeñas heridas habían sido producidas cuando el cuerpo exánime se desplomara golpeando sobre la tierra. "Ni siquiera estos dos orificios de bala en la cabeza dañaron su imagen; cubiertos con algodón, habrían dejado de sangrar horas antes. Los vestigios de la pólvora mostraban los rastros de una felonía. El asesino que jaló el gatillo no tuvo el valor de ver a los ojos de su víctima y le disparó por la espalda, a quemarropa, justo en esa parte posterior de la cabeza".

La autopsia no podía ser más cruda describiendo los resultados: "...siguiendo una dirección de atrás hacia adelante, y de afuera hacia adentro y de derecha a izquierda, la bala interesó todos esos órganos correspondientes de la región, fracturó la escama del hueso occipital y base del cráneo, penetró adentro de la cavidad craneana, donde desgarró estas meninges, le destrozó el cerebelo, el bulbo y vino a alojarse aquel proyectil, a la izquierda de la silla turca, de donde fue extraído. Se hace notar el que en esta cavidad existía un abundante derrame de sangre y coagulada en cantidad considerable".

A ver, ya no entiendo nada. Una parte de estos escritos ponen a mi bisabuelo muy cerca de los huertistas y otra, junto a los Madero en su hora más difícil. Debo repasar con más detenimiento.

Descubro que las memorias del bisabuelo Francisco Versolari, aparte de anotaciones anónimas al margen con cuestionamientos, tienen dos diferentes inicios. Uno es el que ya leí, donde narra su partida a la Ciudad de México en 1917, justamente cuando nace un bebé a la vuelta de su calle, calle que se llamaba Camichín porque ahí había un gran árbol tropical de ese nombre y que, al crecer la ciudad y suceder la Revolución, a la calle se le llamó Constitución.

Pero luego… surge el hallazgo de otro comienzo, con un tono más formal, discursivo, tal como si estuviese en un ágora, con ausencia de detalles coloquiales, como aquel que vi antes donde hasta evocaba a una familia de músicos populares. Mesurada la escritura ahora, parece pedir disculpas por errores de juventud y de omisión.

Aquí mi ilustre pariente confiesa haber conocido a hombres del poder revolucionario y contrarrevolucionario, pero no nos concede sus nombres. ¿Habrán sido Manuel Bonilla y Rafael Buelna, quienes fueron maderistas, o Genaro Estrada, Cecilio Ocón y el poeta Enrique González Martínez, que en su momento apoyaron el huertismo, por mencionar a sus contemporáneos viviendo en el puerto? Aquí faltan fechas de partida.

Algo familiar me resonaba en el texto y decidí dárselos a leer a don Joel Noriega. Había en su prosa ese aire de José Vasconcelos y Martín Luis Guzmán al narrar su paso por la Revolución, dos de nuestros escritores revolucionarios de aquella época y hoy menos leídos, con visos del historiador Suetonio. No lucía exento de asumir la pose de un tribuno que no necesitara mancharse las manos de sangre ajena, propia e impropia, durante el otoño de una nación, en palabras del embajador samurái Horiguchi, aterrado frente a los mexicanos sacrificándose ante un nuevo Huitzilopochtli, siniestro colibrí dios de la guerra.

Del *Diario* de Francisco Versolari

Siendo yo joven, pensé dedicarme a la política tan pronto como llegara a ser dueño de mis actos, y hoy comparto las vicisitudes de los asuntos públicos de mi patria a los que hube de asistir.

En aquel tiempo era objeto de general censura el régimen político a la sazón imperante. Se produjo una revolución y, al frente de este movimiento, se instauraron como caudillos más de cincuenta hombres: diez en mi puerto natal y once en la capital, a cargo de los cuales estaba la administración pública en lo referente a las comunicaciones y a los asuntos citadinos, mientras que treinta se instauraron con plenos poderes al frente del gobierno en general... Se daba la circunstancia de que algunos de estos eran allegados y conocidos míos, y en consecuencia requirieron al punto mi colaboración, por entender que se trataba de actividades que me interesaban.

La reacción mía no es de extrañar, dada mi juventud; yo pensé que ellos iban a gobernar el Distrito Federal y al país, sacándolos de un régimen de vida injusto y llevándoles a un orden mejor, de suerte que les dediqué mi más apasionada atención a ver lo que conseguían. Y vi que en poco tiempo hicieron parecer bueno, como una edad de oro, al anterior régimen. Entre otras tropelías que cometieron estuvo la de enviar a un gran hombre, el noble Francisco I. Madero, de quien yo no tenía reparo en afirmar que fue el más justo de los hombres de su tiempo, a que, en unión de otras personas, prendiera a un ciudadano para conducirle por la fuerza para ser ejecutado; orden dada con el fin de que él quedara, de grado o por fuerza, complicado en sus crímenes. Por cierto que él no obedeció y se arriesgó a sufrir toda clase de castigos antes que hacerse cómplice de sus iniquidades.

Viendo, digo, todas estas cosas y otras semejantes de la mayor gravedad, lleno de indignación me inhibí de las torpezas de aquel periodo. No mucho tiempo después cayó la tiranía de Huerta y todo el sistema político imperante.

De nuevo, aunque ya menos impulsivamente, me arrastró el deseo de ocuparme de asuntos públicos de la ciudad. Ocurrían desde luego también bajo aquel gobierno, por tratarse de una época turbulenta, muchas cosas que podrían ser objeto de desaprobación; y nada tiene de extraño que en medio de una revolución ciertas gentes tomaran venganzas excesivas de algunos adversarios. No obstante, los entonces repatriados observaron una considerable moderación, pero dio también la casualidad de que algunos de los que estaban en el poder llevaron a los tribunales a mi amigo Sócrates bajo la acusación más inicua y que menos le cuadraba: en efecto, unos acusaron de impiedad y otros condenaron y ejecutaron al hombre que un día no consintió en ser cómplice del ilícito arresto de un partidario de los entonces proscritos, en ocasión en que ellos padecían las adversidades de destierro.

Al observar yo cosas como estas y a los hombres que ejercían los poderes públicos, así como las leyes y las costumbres, cuanto con mayor atención lo examinaba, al mismo tiempo que mi edad iba adquiriendo madurez, tanto más difícil consideraba administrar los asuntos públicos con rectitud. No me parecía, en efecto, que fuera posible hacerlo sin contar con amigos y colaboradores dignos de confianza; encontrarlos no era fácil, pues ya la nación no se regía por las costumbres y prácticas de nuestros antepasados. Por otra parte, tanto la letra como el espíritu de las leyes se iban corrompiendo, y el número de ellas crecía con extraordinaria rapidez.

De esta suerte, yo, que al principio estaba lleno de entusiasmo por dedicarme a la política, al volver mi atención a la vida pública y verla arrastrada en todas direcciones por toda clase de corrientes, terminé por verme atacado de vértigo, y, no obstante, no prescindí de reflexionar sobre la manera de poder introducir una mejora en ella, y en consecuencia en la totalidad del sistema político. Dejé, sin embargo, de esperar sucesivas oportunidades de intervenir activamente y terminé por adquirir el convencimiento con respecto a todos los estados actuales de que están, sin excepción, mal gobernados. En efecto, lo referente a su legislación no tiene remedio sin una extraordinaria reforma acompañada además de suerte para implantarla.

Nos hizo falta, en ese momento o quizás un siglo antes, una figura como el olvidado John Adams, quien fue el segundo presidente de los Estados Unidos y no solo continuó con la gente y equipo de su antecesor George Washington, sino que fue capaz de aceptar y entregar la presidencia a un grupo muy opositor a sus políticas e ideas, sin tratar de eternizarse por las armas, argucias o peleles como hicieron Santa Anna, Juárez, Díaz, Carranza, Obregón y Elías Calles.

Y me vi obligado a reconocer, en alabanza de la verdadera filosofía, que de ella depende el obtener una visión perfecta y total de lo que es justo, tanto en el terreno político como en el privado, y que no cesará en sus males el género humano hasta que los que son recta y verdaderamente filósofos ocupen los cargos públicos, o bien los que ejercen el poder en los estados lleguen, por especial favor divino, a ser filósofos en el auténtico sentido de la palabra. Por eso en la segunda etapa de la Revolución me acerqué al movimiento de José Vasconcelos, nuestra versión mexicana de Plotino que no pudo ser un Julio César, en pos de imponer el conocimiento y el análisis por encima de los bríos vengativos de *Los de abajo* y la estruendosa fiesta de las balas. No sabíamos que nuestras existencias entrarían al ciclo de Sísifo.

Al día siguiente de que lo vi en la cantina, don Joel Noriega leyó en su despacho mi texto en voz alta, no sé si para aguzar su olfato periodístico y malicia literaria. Supe que era regodeo.

—Su antepasado es el nuevo Pierre Menard, ese personaje que volvió a reescribir *El Quijote* línea por línea, pero sin intentar plagiarlo y de la manera más sincera. Salvo por sus referencias a gente de su época, el escrito que me muestra es muy parecido a una de las cartas de Platón. No se sienta decepcionado. Las circunstancias que Platón recrea son de una poderosa semejanza con la Revolución mexicana y el tiempo de su bisabuelo. Es un juego muy sutil, déjeme reconocerlo.

—Su erudición me aterra. No necesita usted algún dispositivo para detectar plagios.

—No se impresione tanto. Confieso que el tono de la redacción me recordó a mis lecturas de la facultad; los volúmenes de filosofía eran traducciones españolas con giros peninsulares, y esa música verbal me hizo sospechar. Entonces no pocos mexicanos creían que lo correcto era usar términos de Castilla-La Mancha para nombrar nuestros objetos cotidianos.

»La carta de Platón era muy comentada en esos círculos y no la recordé al momento de leerla anoche. Hoy, al llegar aquí, sí usé el programa de internet que detecta plagios o copias en las colaboraciones de los nuevos reporteros para quitarme la duda, y apareció la referencia. Es una maravilla que las circunstancias que vivió Platón al meterse en política, trescientos años antes de Cristo, se repitieran con su antepasado en el

México bárbaro de principios del siglo XX. Nietzsche sonreirá complacido desde el inframundo al confirmar con su escrito que toda la historia se repite. Vaya broma que nos jugó su bisabuelo al personificarse detrás de esa máscara. En el teatro griego la palabra *personae* significa máscara, pero en portugués moderno quiere decir nadie. ¿Qué tanto más sabría o escondería su peculiar bisabuelo? Mejor ya no siga con su pesquisa. No lo digo por los lectores, sino por usted. Puede toparse con más de un esqueleto en su clóset.

—Pienso seguir. Por más incómoda que sea la verdad. Necesito saber en dónde estoy parado.

—¿Sabe qué? Sus crónicas necesitan el toque de Afrodita. A partir de esta semana, Yvonne Leduc será su colaboradora. El próximo jueves se presenta. Temo que empiece a asemejarse su sección a la prosa de su antepasado, que parece redactar cada párrafo como si fuese a ser leído y escuchado solo por los atenienses ilustrados.

—No creo que mi sección ocupe apoyo. Yo armo todo con nuestra plantilla de colaboradores y con textos de agencia.

—Ya. Entienda. Ocupamos ese toque. No solo es equidad. Hace falta alguien que alegre la oficina. Nos urge no solo quien nos regañe si tenemos el nudo de la corbata chueco o si redactamos con demasiado lenguaje de falócratas. Falta inteligencia natural femenina. Yvonne es divertida y bien ubicada en su ser. Vino aquí con una investigación sobre la estatua de Colón y la necesidad de que se aproveche ese espacio para resolver la falta de visibilidad de la mujer en la historia.

—¿Sabía usted, don Joel, que en ese barrio de la estatua de Colón dio uno de sus golpes más sonados La banda del automóvil gris?

—¡Y dale con lo mismo! Si va a seguir con su serie del automóvil color gris, empiece a darle inclusión a las mujeres de la trama. Entienda que con las nuevas políticas de género no debe haber ya más un México sin ellas. Suena a discurso político, pero debemos ponerlo en práctica. ¿Sí sabe lo que es ser un "macho deconstruido"? Busque a una mujer protagonista en su drama del automóvil gris, sáquela en la siguiente entrega y ponga a Yvonne a investigarla para que se vayan conociendo. Ganará interés y matices con un nuevo punto de vista. Ninguna falocracia es buena para el hombre. Y menos para un hombre solo. Usted no debe estar solo.

Yvonne es alta, con el cabello impregnado en hojas de oro a una cabeza con un peinado *avant garde*, similar al de la famosa esposa de un futbolista inglés, modelo emblemática de estos nuevos años veinte. Hojas de oro con relámpagos de platino que pueden ser canas reales, discretas. No viste como las aguerridas Fridas Kahlo locales. Pantalones bien puestos, largos, iniciados en un talle de bailarina que, al sentarse frente a mí en pierna cruzada, rematan en cortes bajo la rodilla que lucen desde un ángulo ojival un tobillo listado con las cintas de calzado, entrelazadas en rombos, a la manera griega. ¿Palas Atenea Versace? A su mano alzada que parece sostener un cigarrillo invisible solo le falta una lanza porque su peinado ahora se me figura un yelmo.

—Hola. ¿Leduc? ¿No es usted pariente del cineasta Paul Leduc, el director de *Frida, naturaleza viva*?

—No, ni tampoco del poeta revolucionario Renato Leduc, el adolescente telegrafista de Pancho Villa que luego sería "El último bohemio". Qué raro que usted, siendo escritor, preguntara primero por el director de cine y no por su colega escribano.

Su mirada inquisitorial parece escanear mi librero y las cosas que hay en él. Algo de aprobación quiero detectarle al pausar sus sensores frente a *Tínisma,* libro de la princesa Poniatowska.

—Escritor, dígame por favor, aunque sea más corto. —Me sentí como esas damas de antaño que, si alguien les decía "señora", responden "señorita, por favor, aunque sea más largo"—. Escribano es aquel que solo escribe y corrige lo que le dictan los jerarcas.

—Mmm, Leduc era muy amigo de los presidentes. Hasta en sus giras los acompañaba. Era un perfecto guarura.

—Exagera usted, señorita. Leduc no era un simple guardaespaldas lambiscón.

—Pues estuvo presente en su bautizo. Por un artículo del mismo Renato supe que llamar guaruras a los guardaespaldas viene de un episodio

que él presenció: un presidente fue a Chihuahua y allá un gran jefe tara-
humara le dio la bienvenida a él y a sus "waru ras", que en rarámuri significa "amigos". El jerarca tribal creyó que el grupete de hombres armados
vestidos de saco y corbata eran los amigos del presidente y desde entonces
este lo tomó a broma llamándole así a su Estado Mayor de pistoleros. "A
ver, mis guaruras, no se alejen mucho de mí, que vamos a entrar a un ejido
con muchos campesinos airados". Todo apunta a que Renato Leduc no era
su guardaespaldas, pero sí un pistolero verbal y político.

Se ha puesto de pie y saca por el lomo algunos de mis libros. Me
agrede y coquetea. La vieja técnica.

—¿Ya vamos a salir mal? Le diré algo que no está en los libros de
historia. Renato Leduc, periodista con una columna diaria y muy respetado por los hombres del poder, tenía una oficina en donde recibía
y atendía a muchas personas que leían sus artículos e iban a pedirle su
apoyo o intervención en sus problemas. Él usaba sus dotes de gestor y les
hablaba a secretarios de Estado o burócratas de alto nivel, y con el solo
peso de su nombre destrababa los conflictos. Era una organización no
gubernamental de ayuda social cuando estas no existían.

—La verdad, no sabía eso. ¿Conoció usted a Renato Leduc?

—Íbamos a los viejos bares del Centro Histórico —mentí descara-
damente—, y era una delicia verlo en la bohemia de antaño.

—Me estás cayendo bien, a pesar de que peleas mucho.

—Yo era de esos niños que en la escuela discutían con la niña que les
gustaba y la maestra les llamaba la atención. Por eso ahora soy enemigo
del patriarcado, aunque un mocoso de otro grado nos dijo un día en el
recreo, al vernos enzarzados en una discusión por un juego de patio: "los
que pelean se quieren, lero lero"...

—¿Seguro?

—Sí, mi deconstrucción me impidió acercarme de manera natural a
la que sería el amor de mi vida. Ahora soy un solitario royendo a diario
los huesos de la rutina y buscando aquí escribir su obra maestra.

—Guau. Hablas como un escrito multipremiado.

—Que lo poco que he hecho no se conozca no me impide pensar como los grandes. Eso le gusta a las editoriales, que no tengas el

complejo del futbolista que no rinde porque extraña los chiles de su tierra. Igual, eso es rutina.

—A ver, ¿cuál es tu rutina del viernes? Rutina suena como una ruta pequeña.

Esa noche recorrimos varios bares, desde los de cómodo diseño hípster con luz indirecta hasta las cantinas con rocola de Cornelio Reyna, Chavela Vargas, Juan Gabriel, aserrín en el suelo, añejos carteles taurinos y parroquianos que solo podían definirse como parroquianos. Hicimos luego el amor con entusiasmo deportivo y en total asunción de madurez de nuestros roles. Puestos ahí por el azar, procuramos que no fuera más casual el encuentro ni aquello que inercialmente le siguiera, buceando en los patrones de conducta preestablecidos, cada uno a su turno, como estaciones del metro ya conocidas pero siempre con diferentes rostros. Lo que más me gustaba de la civilización chilanga era que el sexo ocasional fuese más frecuente y menos laborioso que en las ciudades pequeñas. No era la primera diosa urbana que entreabría para mí su kimono en ese carrusel donde la vida transcurre en departamentos, coches y transporte público, pero era refrescante una conversación afín y un diálogo de los cuerpos, a pesar de los pedruscos que alza la nueva femineidad a un provinciano que se cree con más mundo que los neourbanitas pospandemia. Yvonne Leduc era una sacerdotisa de la desbocada arcadia capitalina hecha de cristal, cemento armado y acero en comunión con la roca volcánica y flores de piedra, ciudadelas de una naturaleza emergente, magueyes o corazones toltecas a punto de enviar sus lanzas a flechar el cielo.

El hipotético problema es que seríamos colaboradores, un poco a distancia por la cultura del *home office*, pero a fin de cuentas, compañeros de brega diaria. Sin embargo, todo indica que el encuentro arcádico con colegas tiene menos consecuencias en una metrópolis anónima, donde tener empleo y sueldo es una bendición. Nadie pone en riesgo su patrimonio por pasiones y es común el romance de oficina para quienes ven pasar lo mejor de sus años entre escritorios, sillas giratorias y edificios bajo la unánime luz del valle de México. Incesante hormiguero de gente laborando que al sacudirlo se vuelve un avispero mitológico. Electra y Coyolxauhqui le dan la bienvenida a Frida Kahlo.

¿Nadie se ha dado cuenta de la carga mística de esta ciudad? Los residentes lo ven ya tan natural y a los que venimos de lejos no deja de estremecernos los primeros días. Siempre me ha llamado la atención ver cómo en esta ciudad hay gente que se santigua al entrar a su trabajo y no pocos tienen sus altares religiosos, sea en un rincón posesionado por los técnicos de un teatro o a un costado de la caseta metálica de un grupo de taxis donde los choferes alzan una adornada Virgen de Guadalupe. Eso medité en la madrugada, al despertarme el frío en el departamento de Yvonne, y levantarme a mirar por la ventana y, luego de localizar el baño, valorar si era el momento de irme discretamente a mi universo y dejar a Yvonne en el suyo. ¿Sería válido acurrucarme de vuelta con ella, en pos de un calor y una ternura que no era momento de que me correspondiese recibir?

Al día siguiente recibo temprano el texto de Yvonne en un *mail* escueto. ¿Querrá decirme que no por irse de parranda conmigo va a faltar a su compromiso? ¿A qué hora lo hizo? Por error me ha enviado sus apuntes junto con el escrito sobre Mimi Derba. Mmm, tal vez fue en estado catatónico después de largarme. Hay apuntes y textos que revelan un trabajo intenso y que no incluyó todos sus hallazgos. ¿O será un deseo de revelarme sus grandes dotes de investigación hemerográfica?

Y Dios creó a la mujer

Toda gran conjura tiene una mujer al centro de ella. Opera los hilos más secretos y se impone con la fuerza de la sensualidad. Y si el coqueteo no le funciona o ya no tienen los arrestos y los arreos, la fuerza de una voz femenina dicha con potencia al momento justo sí tiene ínfulas de una madre, puede paralizar a un pistolero armado y dejarlo dudando durante preciosos segundos. La banda del automóvil gris es contemporánea a Mata Hari.

Es el tiempo en el que las artistas de *music hall*, el término se usa en la bella lengua francesa, tan rejega a aceptar anglicismos metecos, toman el escenario rivalizando con las sólidas voces operísticas, y con su picante humor dominan las tablas de esos teatros tan cansados del drama y el gesto cariátide del argumento clásico, cuya mayor ventaja es permitir ropas ligeras y desnudos estáticos de alto poder catártico. Ellas saben perpetuar la noche.

Antes las mujeres eran moribundas, locas o caprichudas. Offenbach se opuso a eso y su Eurídice es sublime.

"El arte consume o corrompe a los que se le acercan sin ser elegidos".

En 1892, a la edad de veintiún años, Virginia Fábregas debutó profesionalmente en la comedia *Divorciémonos*, del dramaturgo francés Victorien Sardou; luego se convirtió en una de las primeras mujeres en divorciarse oficialmente aquí, en México. ¿Por qué la vida de los artistas tiene que parecerse tanto a las de las obras que representan? ¿El arte imita a la vida o los actores terminan creyéndose iguales a sus personajes? Todo es ficción, decía un airado crítico de esa época y sus divas. María Conesa no canta tan bien. Mimí Derba es demasiado intelectual. Celia Motauban no se apellida Motauban. Los pies de Adolina Monveri están torcidos como garfios del Parián.

La parte de Minerva

Por Yvonne Leduc

Para muchos amantes de la época de oro del cine mexicano, ella solo será recordada como la malévola abuela de Chachita en *Ustedes los ricos*. Tan bien interpretaba su papel, tan sangronamente soltaba sus parlamentos, que esta gran dama es el paradigma de la villana de clase alta, y aún muchos mexicanos no saben cómo se llama y el resto de sus logros. Además, en varias películas interpretó el papel de la mamá de Jorge Negrete, por el cual algunos la recuerdan; personalidades de la época coinciden en que se le parecía físicamente, incluso en el porte y el tono de voz.

¿Usted ubica quién es la abuela de Chachita sin googlear o preguntarle a una tía memoriosa? Su nombre artístico se acuñó durante la Revolución mexicana, de la cual también fue protagonista indirecta y, aunque no lo crean, todavía en los baños de algunas casas puede verse un producto de limpieza personal del cual tomó su apellido artístico.

Hablo de la señora María Herminia Pérez de León, más conocida como Mimí Derba, quien adoptó el apellido del farmacéutico italiano Carlo Erba, cuyo bicarbonato de sodio de cajita amarilla ya era viejo cuando ella era una joven bailarina, compañera de María Conesa y novia del general Pablo González, asesino intelectual de Emiliano Zapata e introductor de la cleptocracia organizada en México.

Ella debería ser recordada también por un mérito único y retador. Fue la primera mujer en dirigir una película aquí en México.

Fue la primera productora y guionista, además de actriz. En pocas palabras, una auténtica realizadora. Todo entre 1917 y 1919, los años en que la Ciudad de México al fin fue tomada por los carrancistas y se convirtió en el blanco de la epidemia de la influenza o gripe española, que mató a más personas que la Revolución y aparece en la novela *Santa*, de Federico Gamboa.

Su compañía Azteca Films fue la firma que produjo cinco largometrajes inspirados en dramas italianos. Las cintas en cuestión fueron: *En defensa propia*, *Alma de sacrificio*, *La soñadora*, *En la sombra* y *La tigresa*. Esta última es la que Derba dirige y actúa, erigiéndose como la primera mujer directora de la historia de nuestro país. Como también escribió teatro, el poeta Alfonso Camín le hizo un poema que en aquella época era un elogio y hoy sería un insulto. "Mimí Derba, / con dos partes de Afrodita / y una parte de Minerva". ¡Cuántas ciudadanas y ciudadanos, desde el polo del feminismo, lincharían hoy a este bien intencionado aeda! Alguna vez, Mimí reveló que tenía la costumbre de escribir de noche, después de las funciones de zarzuela, aún agitada por las emociones de la escena y en sesiones que a menudo se prolongaban hasta la madrugada. Intentaba escribir sin rebuscamientos ni artificios, expresando directamente el sentimiento; su maestro literario era "el inmenso Queiroz", aunque en los últimos tiempos había también leído con gusto al español Pedro Mata.

Publicó en 1921 el libro de crónicas *Realidades* y en la década de los treinta escribió argumentos para radionovelas que se han perdido irremediablemente. Todo un personaje.

Cito una frase muy suya: "Es por eso que me gusta ir al cine, porque todo lo veo y nadie me ve". Dan ganas de escribir un libro sobre esta polifacética dama del escenario y nuestra historia... Mimí Derba, la bailarina intelectual del viejo Teatro Lírico y el origen de la cinematografía en México.

Si usted desea compartir alguna experiencia o información, escriba al reportero Shane, a partir de esta colaboración en la página de información de Cultura y Espectáculos.

Nota sobre Mimí Derba

Enero, 1918. Nueva York. Hotel McAlpin, esquina de Broadway y 34th Street, el hotel más grande e innovador del mundo en ese momento.

Un reportero con el alias de Licenciado Fumilla entrevista, para *Cine-Mundial*, a la exitosa actriz mexicana de veinticinco años Mimí Derba: "¿Usted cree que México llegará a ser buen productor de películas?".

Ella responde con la seguridad de un comandante en batalla: "Ya lo es… y tenemos fe grande en que llegará a serlo en gran escala. Dentro de un par de años, acaso antes, las películas nacionales dominarán casi en absoluto en nuestro mercado…". Añade estar muy entusiasmada respecto a la "organización de esta empresa que preside mi socio", Enrique Rosas, de Azteca Film.

Con ese nombre imperial, Azteca Film —Film sin "s" al final— era una de las casas productoras que aspiraba a ser protagonista nacional e internacional en la naciente industria del cine.

"Puesto que la Revolución ya ha terminado, hay que construir sobre las ruinas de lo viejo una civilización amplia y rápida con iniciativas como esta empresa, que tiene como objetivos difundir a través de películas la verdad de un México culto, social y progresivo, y borrar la imagen de un país incivil, rebelde y atrasado en el que proliferaban las hordas salvajes".

Todo esto se dice en el Hotel McAlpin, bajo cuyos artesonados y cristalería han desfilado y desayunan figuras como Luis Cabrera, Martín Luis Guzmán o el arquitecto Mario J. Pani, futuro urbanista del Distrito Federal y protagonista de la leyenda de poner a su amante en el billete de cinco pesos cuando fue jefe del Banco de México. En este hotel se abren y cierran grandes negocios estratégicos; el *maître* conserva un mapa donde registra a cada ilustre comensal para localizarlo en caso de recibir alguna fulgurante llamada telefónica.

La señorita Mimí Derba ha sabido aplicar las comedidas modernizaciones de esta nueva catedral del hospedaje inaugurada apenas en 1912 por su propietario, el general Edwin McAlpin. El hotel cuenta con dos pisos específicos para cada género y las mujeres que se hospedan en este palacio pueden reservar una habitación en el piso exclusivo para mujeres, pasar por alto el vestíbulo y registrarse directamente en su propia planta, algo único en materia de hostales. Nadie las molestará ni se sentirán señaladas.

Un piso ha sido apodado el "16 somnoliento" porque fue diseñado para los trabajadores nocturnos, de modo que se mantiene en silencio durante el día. En un futuro tendremos hoteles así en México.

Con tanto éxito y ajetreo sospechamos que la señorita Derba tal vez haga solicitud de conocer este especial santuario del descanso. ¡El cinematógrafo mexicano triunfa en Nueva York, y estamos ante el inicio de una verdadera época de oro!

Otra nota sobre Mimí Derba

Junio, 1918

"De golpe y porrazo Mimí Derba, la hermosa intérprete de *En defensa propia*... cuando un porvenir brillante parecía abrirse ante ella, se retira". Así proclama el *repórter* Epifanio Soto hijo, en *Cine-Mundial,* en su número de junio de 1918. La actriz hizo esta más que fulminante declaración: "Considérome libre de ese apasionamiento que ha poseído a la mayor parte de los que escriben sobre el escabroso tema de 'El Cine Mejicano'. Por eso, sin temor a equivocarme, asiento lo que sigue: dígase lo que se diga, la producción mejicana no llegará, durante años, a ser aceptable. Entre las muchas razones que puedo esgrimir en pro de mi aserto, mencionaré 'la inconstancia', cualidad que caracteriza a este país".

Del optimismo a la renuncia: en un lapso de cinco meses cambió la perspectiva que tenía Mimí Derba. Así de rápido se mueve la industria de los sueños.

No estaba errada doña Mimí: el cine mexicano crecía a pasos gigantescos a pesar de que se desgarraba el país desde sus más profundas entrañas. Jesus H. Abitia fue uno de los pocos documentalistas mexicanos que ensayó el cine de argumento. Sus primeras películas con actores, las comedias cortas *Los amores de Novelty* y *El mata mujeres* fueron seguramente filmadas en 1912 o 1913, en plena campaña militar obregonista. Más adelante dirigió *Los encapuchados de Mazatlán* (1920) y *Carnaval trágico* (1921).

Todas las cartas las tenían en su mano los realizadores.

No existía el concepto "cines de estreno" y eran escasas las salas, pero aun así el cine supo abrirse paso y las películas se proyectaban como extra en teatros, con horarios que iban de las siete a las once de la noche. El precio del boleto, en 1918, oscilaba entre los 25 centavos del Salón Rojo y los 50 del Trianón Palace.

1918 fue *anno miracolis.* Clásicos inmediatos del cine mexicano, *Tepeyac* (Fernando Sáyago, Carlos E. González y José Manuel Ramos, 1917) el 22 de enero en el Salón Rojo; el 31,

Tabaré en el Teatro Arbeu, sito en República de El Salvador, entre Isabel la Católica y Simón Bolívar. La primera versión de *Santa* (Luis G. Peredo, 1918), el 13 de julio estuvo en el Olimpia. Fue esta la última cinta nacional en llegar a cartelera ese año.

Uno de los géneros que manaron a partir de 1917 —y que sobrevivió durante todo el periodo mudo y quizás se sublimó luego a la radio y la televisión—, fue el concentrado en representar las intimidades de las clases altas de la sociedad. Mirar a los ricos y privilegiados a través de la mirilla, el ojo de pescado que accede a sus fastuosos y fáusticos salones. Ahí fue donde Mimí Derba puso en alto sus diferentes dotes como realizadora, *showrunner* se diría ahora.

La luz (J. Jamet, 1917), *La Tigresa* (Enrique Rosas y Mimí Derba, 1917), *El escándalo* (Alfredo B. Cuéllar, 1920), *La dama de las camelias* (Carlos Stahl, 1921), *Un drama en la aristocracia* (Gustavo Sáenz de Sicilia, 1924), *Todas ellas contra los charros y las chinas poblanas de El Zarco* (José Manuel Ramos, 1920), *El caporal* (Miguel Contreras Torres, 1921), *En la hacienda* (Ernesto Vollrath, 1922), *La parcela* (Ernesto Vollrath, 1923) y otras cintas.

No por nada un periodista había escrito poco antes que no había estética posible "ante el calzón y el sombrerazo". Don Venustiano Carranza promulgó una ley que tenía como objetivo eliminar el uso de esa prenda. Tendría que venir el ruso Sergei Eisenstein para redignificar en el blanco y negro a nuestros campesinos en su más pura expresión natural. Que viva ese México.

Casualmente, días antes al estreno de la jornada completa de la película (cuyos doce episodios abarcaban seis horas treinta minutos), que se llevó a cabo el 1° de diciembre de 1919, renunció a su cargo en el ejército para iniciar la carrera a la presidencia. Aunque su postulación oficial sucedió el 17 de noviembre.

Pablo González fue el primer político de la historia real en transmutar en la ficción no solo su polémico papel, sino aderezarlo para una campaña presidencial gracias al cine. Al vender la idea de ser el héroe que erradicó al místico Zapata y erigirse como el funcionario que dio cuenta de La banda del automóvil, comenzó a colocar un biombo de celuloide frente a su nombre de general en constante fuga o derrota.

Ignoramos la realidad completa del hecho, por la oscuridad en la que aún están envueltos detalles sustanciales. Viendo la combinación del protagonista de la historia con mayúsculas y del comparsa de la historia con minúsculas en la película, se perfila una característica elemental de cualquier personaje cinematográfico: la de un antihéroe ideal, con intuición primitiva y de enorme eficacia, que ayudaría en las percepciones de guerra, que ocurren en cualquier campaña política. Pensó que llegaría con esta imagen a la presidencia en caballo de hacienda. Su hoja de vida hablaba por él: hombre entregado a la justicia, patriota de tiempo completo, genuino soldado al servicio de la nación sin reparos para cumplir instrucciones. Esperaba forjar el futuro México con sus propias y férreas manos, empuñando la ley, el orden y el progreso. Eso trataba de aparentar y dentro de sí, llegó a creerlo y sentirlo.

Qué mejor medio para su mensaje que una producción tan bien elaborada como *El automóvil gris* (Enrique Rosas, 1919), donde los objetos representados (la conformación de la banda, los hechos, la manera en que actuaron, su aprehensión y final) se convirtieron en una composición visual, que, bajo un matiz de antropología de lo inmediato, borraba la línea divisoria entre verdad y ficción. Sin aparecer en pantalla y saberlo, mandó hacer el primer infomercial de mercadotecnia política.

Tal vez como un secreto productor ejecutivo, Pablo González también nos legó esta única superproducción silente del cine mexicano, epopéyica y reaccionaria a su modo, como *El nacimiento de una nación*, de D. W. Griffith.

Incluir al detective original del caso, Juan Manuel Cabrera, le dio al documento fílmico prefabricado la certeza de un acta notarial ante las mareas. Los cómplices, previamente difuminados, brotaron en papeles estelares. Los ganadores fueron aquellos productores invisibles que mantuvieron el control del relato histórico, pusieron a la vista a quien les placía y ocultaron a otros su gusto, empezando por ellos mismos. Pablo González es Jack Warner.

La historiadora Bertha Hernández menciona uno que se consideró, si no el principal, al menos cercano a la cúpula del poder detrás de la banda: "Se rumoró que el misterioso cómplice era el general Juan Mérigo", jefe de policía nombrado precisamente por González. Otro señalado fue el mayor Manuel Palomar. Parte del botín, en especial las joyas, a decir de varias versiones, acabaron en manos de María Conesa. Aunque se afirma que una mujer del público reconoció como suyas las joyas que ostentaba en escena la actriz, otra versión habla de una pinta en los baños puesta por el propio Manuel Saenz, el atormentado esposo de Maria Conesa y objeto de silenciosa burla. También las joyas palpitaron bajo el cuello de Mimí Derba. Esta etapa de la historia de la Revolución es bastante teatral y simbólica, cual Francia de Dumas o la Inglaterra isabelina. ¿Una intriga tras el poder como la del collar de María Antonieta?

La relación del general González con la banda del automóvil gris fue denunciada públicamente hasta el 17 de febrero de 1923: *El Demócrata* hizo una serie de reportajes a ocho columnas: "Pablo González, como la Margarita de Goethe, sentía fascinación por las joyas". Líneas más abajo, en la cornisa encima de una caricatura, se destacaba esta frase: "los brillantes del botín del Automóvil Gris enmarcan la figura del exdivisionario neolonés". Volvían aseveración directa lo que antes fuera rumor: Pablo González era el rey de esa mafia, como la había llamado la carta de Emiliano Zapata.

Yvonne

Estudió química. Pensó que las ciencias exactas daban certeza en la vida. A la vida. Creyó que las fórmulas eran la única certeza en la suya propia. Estuvo a punto de casarse al tercer año de su carrera con un veterinario divorciado que deseaba mejorar los fertilizantes estudiando Ciencias químico-biológicas y que en realidad buscaba una tercera esposa. Lo bueno es que no se visualizaba en ese horizonte.

Se divirtió tanto escribiendo su tesis que decidió mandar al carajo su carrera. Era más emocionante estar en una biblioteca y un escritorio que pasar el resto de su vida en un laboratorio, entre transparentes tubos de ensayo, aunque ya estaba al tanto para entonces que en los laboratorios modernos casi no se ven tubos de ensayo ni matraces. Era una gran curiosidad la que la impulsaba a saber cómo se imprimía un libro, qué cosa eran las galeras, las tipografías y la sangría francesa.

"Una sangría francesa, también conocida como sangría de segunda línea, establece la primera línea de un párrafo posicionándose en el margen y, a continuación, aplicando sangría a cada línea posterior del párrafo. Seleccione el texto donde desee agregar la sangría francesa. > sangría y espaciado".

"¿Francesa como ella? Soy más mexicana que los frijoles y que un inquilino sin pagar la renta. Un día te contaré de dónde me vino el Leduc. Mejor en media hora". "Para establecer sangrías personalizadas de una forma sencilla se recomienda utilizar la Regla de trabajo de Word (francesa de 1.25 cm). La regla está definida en centímetros, pero se puede cambiar la unidad de medida a pulgadas u otra medida".

"No sé gran cosa de mis antepasados galos, quizás hacerme una sangría francesa sería algo como una prueba de sangre o un intento de cura, tal como los médicos de antes, que extraían así los humores. Sí, la sangre se consideraba un humor emanado del cuerpo".

Abrió un día al azar el gran libro de la *web* y dio con un manual de estilo.

https://insumosesmar.com/que-es-sangria-francesa/

"Como comentábamos anteriormente, este tipo de sangría es simplemente un estilo de sangrado que es muy utilizado en diferentes textos y formas de escritura, por ejemplo: en trabajos universitarios, en hojas de vida sencilla y, en general, formatos de hojas de vida, en cartas de renuncia y mucho más".

"¿Hojas de vida? La literatura ahora será mi vida en cada hoja. ¿Carta de renuncia? Renuncio a pasarme la vida con una bata blanca, sea en un laboratorio o en un psiquiátrico".

Ingresó a la UNAM y a partir de ahí es la Yvonne Leduc que una vez más se desnudó junto a mí y me contó todo esto, en esa etapa en que las parejas se cuentan todo luego de hacer el amor. Hasta que un mes después aparece y se queda el silencio y se comienza a llegar tarde a las citas o a cancelarlas. Pero esa última noche antes de empezar a vernos menos me dijo un gran secreto suyo. No se apellida Leduc, sino Audifred. Se cambió el apellido cuando empezó a escuchar bromas sobre si tenía un coche Audi y un chofer llamado Fred y demás variaciones idiotas, dichas por idiotas. Su apellido periodístico es un segundo nombre que le puso un padre, izquierdista de salón, con su chamarra de pana con parches en los codos y un cerebro mariguanitomizado que admiraba al presidente de Vietnam conocido por rechazar el Premio Nobel de la Paz en 1973. No era Ho Chi Minh, si no Lê Dúr Tho. Le Duc Tho se escribía entonces. Ahora es Lê Dúr Tho, como antes Mao Tse Tung se volvió Mao Zedong.

Ivonne Leduc Audifred no llevaba el apellido del padre rechazado que rechazó su paternidad; solo uno de sus símbolos olvidados, el nombre de un fundador del Partido Comunista de Indochina. Hay vínculos que sobreviven cualquier sacudimiento de los nombres. Los faraones egipcios mandaban borrar de sus tumbas e inscripciones los nombres de sus enemigos y algunos aparecían en otras fuentes, como rollos de pergamino sepultados en el mar Muerto.

Esto último me lo confesó Yvonne Leduc la segunda vez que estuve en su departamento hasta la madrugada. Luego de eso volví al mío. Me dice que el asestarme el artículo con todas las referencias y texto extra no fue un deseo de revelarme sus grandes dotes de investigación hemerográfica. Fue el goce de compartirme algo que, estaba consciente, podría interesarme. Me agradaba la idea. ¿Podré tomar eso como acto de amor o simpatía?

Había olvidado esa sensación poderosa de salir de la casa de una mujer en la madrugada. Volver luego por avenidas vacías, iluminados camellones como espina dorsal de la noche, música de diversas épocas en la radio, distinta a la que suelo poner en casa. ¿En casa? He durado mucho tiempo solitario. El peso de esta ciudad todo lo vuelve más intenso, inmenso, expreso. Uno se siente parte de los cimientos de nuestra noche de obsidiana.

Nombre, destino

(¿De dónde sacan los nombres para sus personajes los escritores? Juan Rulfo nos ha estremecido desde que dijo que él los tomaba de los panteones de Jalisco. García Márquez, haciéndole segunda, dijo que el más modernamente usaba el directorio telefónico, libro hoy condenado a desaparecer. Yo no le creo a Rulfo del todo, porque los nombres de su novela Pedro Páramo son de una gran carga semántica demasiado intensa para venir del fúnebre azar).

Pero sí hay otros personajes recolectados en los cementerios. Robinson Crusoe surgió de un nombre que Daniel Defoe copió de una tumba en donde estuvo escondido un día entero, huyendo de una persecución política. También el Grinch navideño de Charles Dickens se encarnó gracias a una visita a un panteón. El nombre procede de una lápida que Dickens vio durante una visita a Edimburgo. La tumba era de un tal Ebenezer Lennox Scroggie, quien trabajaba como comerciante de maíz; Dickens leyó mal y confundió *mealman* (comerciante de comida) por *mean man* (hombre avaro). El nombre de Marley, el otro avaro de la historia, surge porque de joven Dickens vivía cerca de las instalaciones de un comerciante, en cuya entrada un cartel rezaba "*Goodge and Marney*"; es posible que tomara de ahí el nombre del antiguo socio de Scrooge, que aparece con la quijada sujeta por un trapo, al modo de los muertos de antaño.

América Latina no estuvo exenta de seudónimos. Félix García Sarmiento es el nombre real del poeta nicaragüense Rubén Dario. De los pocos premios Nobel que hemos tenido en lengua española, dos son chilenos y no firmaban con su verdadero nombre. Uno se llamaba Ricardo Eliécer Neftalí Reyes Basoalto y la otra Lucila de María del Perpetuo Socorro Godoy Alcayaga. Si se pronuncian seguidos esos once nombres y apellidos sale un equipo de futbol entero.

Nunca he leído con gusto a Azorín, gran prosista de lengua española, porque su seudónimo siempre me ha parecido más apto para un payaso. Para hacer una novela basta un hombre, un paisaje y una pasión, decía Miguel Delibes, otro escritor español igual de aburrido que Azorín. (Algunos viejos novelistas españoles son más pesados que un plato de fabada a la medianoche).

Nombre y seudónimo son estilos y destinos. El más prolífico en máscaras fue Manuel Gutiérrez Nájera, empleando nombres de pluma como el Cura de Jalatlaco, el Duque Job, Puck, Junius, Recamier, Mr. Can-Can, Nemo, Omega, Tick Tack, los cuales utilizaba para publicar distintas versiones de un mismo trabajo, cambiando la firma.

La gran contradicción

Aparece algo que no embona. Los diarios del abuelo Versolari fueron publicados en los años setenta, cuando uno de mis tíos fue candidato a diputado y las elecciones fueron cosa de trámite. Sí, ya lo dije, a mi tío le sirvió mucho la imagen de tener un tío revolucionario. Pero lo que estoy leyendo ahora en casa de mi prima es distinto. Los diarios publicados en Sinaloa durante la campaña no hacen ninguna mención sobre La banda del automóvil gris, y aquí no deja de aparecer en ningún momento.

Mi abuelo, hombre ya de más de setenta años, autorizó o, mejor dicho, toleró la reedición de esos diarios. De seguro fueron expurgados, porque frases categóricas o descalificativas a contemporáneos suyos que hoy son héroes nacionales ya no están. Pero sin el asunto del vehículo delincuente, los diarios parecen sin alma, desprovistos de la columna vertebral de la trama y del inicio de su vida pública, de cuando él llegó a la gran ciudad como audaz reportero. ¿Por qué esa obsesión en las páginas originales por el tema de La banda del automóvil gris que luego se va desvaneciendo? ¿Será como esos sueños y entusiasmos de juventud que al principio nos dan la sensación de ser la veta de la vida y se difuminan con la rutina, la edad y la comodidad? ¿Qué contendrá este material que por mucho tiempo estuvo desaparecido y que ahora he encontrado en estas páginas de su diario? ¿Al caso del famoso automóvil gris luego lo consideró superfluo y por eso lo omitió, o quizás fue una curiosidad adolescente, similar a la que siente el lector actual por leer nota roja o las publicaciones del *Alarma*, la desaparecida revista de sucesos violentos?

Descubro que las hojas finales de sus cuadernos de diario están sueltas y veo una que narra algo no me checa con las fechas. He aquí el texto, tal cual. Su lectura me espolea a redactar luego una nota necrológica del próximo aniversario de la muerte de Emiliano Zapata. Debo tratar de ordenar estas páginas, cosa difícil porque usó por largos años la misma clase de papel y la tipografía de una eterna máquina de escribir que dificultan ubicarlos cronológicamente... Además de olvidar con frecuencia poner las fechas.

Del *Diario* de Francisco Versolari

He recibido en herencia esta carga de superstición
e insensatez. Gobierno a innumerables hombres,
pero debo reconocer que soy gobernado
por pájaros y truenos...
THORNTON WILDER.
Julio César en *Los idus de marzo*

Mayo 25

Hoy conocí al presidente Carranza, de lejos, como todos los que
asistimos a la inauguración del Teatro Esperanza Iris. Aplaudimos *La duquesa del Bal Tabarin*. No se ponen de acuerdo si es zarzuela u opereta. Dicen que es opereta vienesa porque la compuso
el maestro Leo Bard, pero afirman que se hizo zarzuela porque
la versión española es de José Juan Cadenas. Dice el programa
que Leo Bard se inició en 1915 con la opereta *La reina del fonógrafo* y yo me pregunto si al rato no tendremos entre los repertorios títulos como "La princesa del teléfono" o "La marquesa
del telégrafo".

Casi acierto. El personaje es un duque —la nobleza de cuna y
la conducción de un país, allá en Europa, siguen siendo una misma fórmula— que a la vez es ministro de comunicaciones, como
lo fue mi paisano, el ingeniero Manuel Bonilla, durante el breve,

fatal, gabinete maderista... Bonilla, excelente persona, llevó a don José María Pino Suárez siendo vicepresidente a ver en Mazatlán el área donde a futuro podrían construirse grandes muelles.

El tema de la obra fue el divorcio; el duque, en espera de cumplir los tres meses que le restaban para divorciarse de su esposa Frou Frou, exbailarina, naufraga en pretensión de una telefonista de la central a su cargo. Soy muy provinciano. No me imagino un espectáculo teatral con duques y telefonistas, más el tema del divorcio como puente para la unión de sus clases. No me imagino al ingeniero Manuel Bonilla, mi atildado vecino de Olas Altas, quien de levita y chambergo participó en la toma de Culiacán, en su cargo como ministro de comunicaciones, enamorando a una telefonista en plena Decena Trágica. El mundo de la zarzuela no puede ser el del México posterior a las muertes de Francisco I. Madero y Porfirio Díaz.

Al terminar la función pasé al *foyer* y entre los fumadores reconozco a los arquitectos Federico Mariscal e Ignacio Capetillo, quienes construyeron el teatro, que, originalmente, era el Teatro Xicoténcatl, realizado por ellos mismos y que, vaya contraste, fue inaugurado con la ópera *Aida*.

Pregúntome si cada nuevo gobierno cambiará de nombre las obras del pasado para darse su sello, cuando ambos me presentan a la propia señora Esperanza Iris, quien yo pensaba que era española porque se anunció que fue condecorada por su majestad de España, Alfonso XIII, pero es de Villahermosa, Tabasco. Como le dicen que soy poeta de la costa, de inmediato se deshace de mí presentándome a un escritor tabasqueño que se llama Alfonso Taracena... Fue así como, luego de dos presentaciones anodinas, por pura inercia conocí a uno de mis más grandes amigos, y de la mano de él supe qué era, fue y sería la verdadera Revolución mexicana.

(*Nota al margen:* Años después conocí al sobrino español que heredó el teatro de doña Esperanza, Luis Navarro Palmer, e hicimos una jocosa relación de negocios).

En 1920, en el funeral del presidente Carranza, conocí también de lejos al poeta José Gorostiza: llevaba junto con un amigo una ofrenda floral a nombre de los alumnos de la Escuela Nacional de Jurisprudencia. Le acompañaba Bernardo Ortiz de Montellano. Carranza se veía otro tendido sin sus anteojos de leer o los de color oscuro de cuando andaba en campaña, y más sin su sombrero y sus camisas con bolsas de cargo, más anciano y débil. Humano. Acababa de morir en Tlaxcalantongo luego de su fallido intento de llevarse el gobierno a Veracruz; nadie cree en la hipótesis del suicidio. Un médico amigo de Taracena se asomó al ataúd para analizar en lo posible las huellas de los tres disparos que le costaron la vida y dudaba que el tercero en la sien fuera por su propia mano, según lo certificado por la oficialidad de Álvaro Obregón. Por motivos obvios, no hubo funeral oficial, pero a la entrada del cementerio vimos a más de tres mil personas. Su tumba, a petición efectuada en vida, fue un lote de tercera clase.

Como la de su rival, Emiliano Zapata.

Zapata

Por el reportero Shane

"¿Dónde estaban ustedes el día de la muerte de Zapata? No los veo subiendo sus fotos del día de su ejecución".

La semana pasada alguien puso este mal chiste en las redes sociales. No, yo no estaba ahí, pero a cien años de ese suceso me invade cierto estremecimiento inexplicable, sobre todo al ver las imágenes del espartano funeral del Caudillo del Sur que filmó Salvador Toscano, a quien debemos muchas vistas de la Revolución y hasta veinte segundos del carnaval de Mazatlán de 1905.

Esta película fue conservada por su hija, Carmen Toscano, quien inició la restauración en 1942, utilizando fragmentos de estas escenas en la película *Memorias de un mexicano*. El filme incluso fue reseñado con admiración por el gran Guillermo Cabrera Infante. Destaca en su reseña que los documentales se han mejorado gracias a que, con una técnica moderna, se eliminó la sensación de "saltitos" que tenía el cine primitivo. El material fílmico de Salvador Toscano sobre el funeral no se vio en su momento. Aguardó ochenta años. Fue exhibido en 1999 en Madrid, España, por el joven cineasta argentino-mexicano Luciano Larobina, quien también restauró la película junto con los técnicos de la Filmoteca de la UNAM, logrando mostrar escenas hasta ese entonces inéditas del funeral.

Después de la emboscada en Chinameca, Carranza ordenó a su colaborador Salvador Toscano que se trasladara a Cuautla, Morelos, para filmar dichos funerales, pues tenía que estar seguro de la muerte de su acérrimo enemigo, había muchos rumores por todas partes pero en sentido contrario. También era necesario difundir esa muerte porque se decía que "no era él" y que hubo órdenes de no dispararle a la cara.

La mayor parte de la filmación del entierro de Zapata se conservó en las bodegas de la quinta Los Barandales y presenta diversas tomas del Caudillo del Sur. Hoy está en Youtube. Es sumamente atroz: vemos el cuerpo exhibido en una plaza, la ida al cementerio un poco llena de torpeza sonámbula, el momento triste cuando sellan el ataúd con clavos, el cortejo hasta el panteón y el entierro mismo.

Un hombre, al parecer ebrio y con un sombrero encasquetado, diferente al de los demás campesinos, mira dos veces a la cámara. Creo ver salir una vaharada de cal viva al bajar el ataúd, ya que antes solía arrojarse un saco dentro de las tumbas para prevenir infecciones. Son imágenes sobrecogedoras, hondas, porque es un funeral muy rápido No hay mujeres presentes y no son muchas las personas ahí para la talla del fenómeno: debe haberse vivido un estado de crispación y miedo. El cuerpo del héroe es exhibido con el ataúd de pie y tiene en sus ropas algo que puede ser la ya citada cal o restos de hielo o sal, la imagen no permite precisarlo. El rostro luce ya irreconocible: confirmé que estuvo ese cuerpo en exhibición tres días y eso debió corromper sus nobles rasgos. Agotador habrá sido ese velorio público, punitivo.

Esas imágenes sin aderezo revelan lo duro del momento, y que nadie de esos pobres desventurados imaginó las alturas históricas que tendría el gran Emiliano... Pablo González, su asesino intelectual, seguiría siendo un pillo delincuente con traje de general y estaría involucrado en los atracos y asesinatos de La banda del automóvil gris. Confirmó que era un mártir.

Siempre he escrito y leído mucho sobre Francisco Villa, hasta tengo una novela a medias que trata de él. Le debía esta reflexión a don Emiliano Zapata en su centésimo aniversario. No estuve en el día de su asesinato, pero mi existencia fue mejor aquí en Sinaloa gracias a gente como él y a que sigue inmortal su poderoso ejemplo.

—Eso me recuerda que tengo una reunión con un amigo diputado del PRI por Coahuila; aunque casi no ha vivido allá, fue metropolitano desde que terminó su carrera en la UNAM. Acompáñeme. Es en el Centro Castellano. Se come bien, se bebe bien. Usted merece compartir conmigo una interesante tarde con un personaje de otra época, pero que sigue bien vivo en esta gran ciudad.

Salimos hacia allá. Nos llevó otro trabajador del diario, amigo de copas de don Joel Noriega, de la época de cuando trabajaron juntos en *Excélsior* con el gran Julio Scherer y migraron a fundar el semanario *Proceso*, en su momento, uno de los pocos de oposición del México autoritario de los años setenta. Ya quedaban tan solo algunos de aquellos periodistas que vivieron ese gran salto con el señor Scherer. Comimos solomillo, cogollos de lechuga con anchoas bañadas de aceite de oliva, morcilla y un buen vino español llamado Matamoros, mientras hablaban de Scherer y su familia porfiriana y del diputado Serapio Rendón.

—Para entender la Revolución mexicana hay que aprender a verla como un conflicto internacional entre Estados Unidos, Alemania y Japón. Sí, del mismo modo que Cuba fue un campo de batalla de la Guerra fría o Corea entre la China comunista, la Rusia de Stalin y los Estados Unidos de Truman y Douglas Mac Arthur. Aun en los momentos más caóticos, ya fueran los vacíos de poder o de una élite triunfante, el Departamento de Estado no dejó de tratar de mantener una cuña en el destino de ese país que, con furia adolescente, se permitía revolverse contra sí mismo. Un principio básico de seguridad y gobernabilidad obligada a mantener ojo atento a su frontera sur. Apenas sesenta años atrás le había quitado la mitad de su territorio y México crecía industrial y numéricamente. Podría aliarse con potencias extranjeras y tratar de recuperar lo suyo. El Tío Sam comenzaba a emerger como una potencia mundial y Teddy Roosevelt ocupaba refrendar su fuerza.

—Y yo que creía que éramos los pioneros.

—Lamentaremos cómo esto le quita impacto a la primera revolución del siglo xx... los historiadores aún debaten si la primera ocurrió en China con Sun Yat Sen. El lejano Oriente era muy cercano a nosotros. Japón intentó meter su katana al remolino revolucionario.

—¿Japón en la Revolución mexicana?

—No olvidemos que, cuando se vino encima la Decena Trágica, Gustavo A. Madero estaba a punto de irse al Imperio del sol naciente a una misión diplomática, que en términos oficiales era para agradecer al emperador el vistoso contingente enviado al desfile del centenario de la Independencia de México. El 16 de julio de 1914 Huerta no se olvida de eso y decide enviarles nada menos que al general Félix Díaz, quien partió llevando como secretario a Víctor Velázquez.

—Su memoria es prodigiosa. ¿No estará inventado la fecha?

—La recuerdo bien porque, investigando la vida de Alfonso Reyes, encontré que dos días después, el 18 de julio, el gobierno huertista confirmó el nombramiento de nuestra gloria literaria en la Legación de París. El secretario de Relaciones era el no tan santo escritor Federico Gamboa, quien dejó su cargo en España para asumir aquel puesto, al que terminó renunciando, pero renunció el 24 de septiembre para irse muy ilusionado como candidato a la presidencia de la República por el Partido Católico. Otro de los que también se creyeron la promesa de que permitiría elecciones libres. Ese mismo día es relevado Félix Díaz del viaje a Japón y le piden que vuelva al país. Sospecho que intentó ir a Oriente por la vía de San Francisco o San Diego, no está muy claro eso. En lugar de Gamboa, entró al senado el chiapaneco Querido Moheno, que no defendió, semanas después, a su paisano, el senador Belisario Domínguez, a quien Aureliano Urrutia mandó asesinar y cortar la lengua.

—Válgame. Pues aquí todos están coludidos. Un colaboracionismo extraño como el de los franceses con los nazis.

—Daban por hecho que ya todo había terminado y perdieron el juicio. Pero el interés mutuo con Japón continuó, al grado que los gobiernos ya triunfantes enviaron en los años treinta al general sinaloense Ramón Fuentes Iturbe, quien participó como agregado militar en la segunda toma de Mazatlán contra los huertistas. Allá lo tomó la Segunda Guerra Mundial y se quedó varado en esa isla. No sabemos en qué condiciones las pasó ni cuál era su misión real. Ese es otro misterio de nuestra historia tan llena de claroscuros y cortinas neblinosas.

—Vaya. El geométrico y ceremonial Japón llegó como una ola al valle de Anáhuac. Yo creí que solo aparecía en las fantasías y acuarelas del exquisito y fallido José Juan Tablada.

—Qué va. Está tan presente el imaginario japonés en nuestra fiesta de las balas que, por un tiempo, a La banda del automovil gris se le llamó La banda del japonés, porque se habló de un chofer nipón involucrado en sus espectaculares atracos.

—A ver, cuéntenos más de eso.

—Es complicado. Primero, necesitan adentrarse en el contexto.

LA BANDA DEL AUTOMÓVIL Y FRANCISCO VERSOLARI

La casa de Scherer

Hugo Scherer era un noble potentado del Imperio alemán dedicado a la minería que, a falta de título nobiliario, fungía como cónsul honorario de Persia en México. No tenía esa veleidad; tenía conocimiento de que era una posición muy útil para los negocios, y así supo generar ganancias para ambas naciones. Nada como una comunicación correcta entre las precisas figuras de confianza. De este lado del mundo, en el México de don Porfirio Díaz, llegó a ser miembro fundador del consejo del Banco Nacional de México, cuyo rumboso edificio aparecía en el billete de diez pesos que circuló hasta 1913; el mismo año en que la muerte de Francisco I. Madero nos cambió todo y a todos… La Decena Trágica

En 1906, la familia Scherer comenzó la construcción de su lujosa casa bajo la dirección del ingeniero militar Salvador Echegaray, el mismo que construyó el Manicomio General en la hacienda de La Castañeda, aunque la edificación fue oficialmente hecha por el jefe de la Compañía Mexicana de Construcciones e Ingeniería, el teniente coronel Porfirio Díaz hijo y el ingeniero Ignacio León de la Barra. Fiel a su origen castrense, se hospedaron los miembros del contingente militar enviados por el gobierno alemán para las fiestas del centenario de la independencia de México, en septiembre de 1810.

Los interiores corrieron a cargo del propio Echegaray y de Manuel Cortina. La casa fue cercada por una lujosa reja ornamental, rodeada de frondosos jardines, y lucía generosas vistas a las calles que la rodeaban. El acceso principal de los carruajes se encontraba en la esquina de Reforma y Versalles. Uno de los más destacados elementos de la gran mansión era sus techos de estilo francés, adornados con sus típicas ventanas brotando del tejado de pizarra, además de unas buhardillas donde no se alojó ningún poeta con su bohemia.

Expertos historiadores creen que por dentro la casa de los Scherer debió ser sorprendentemente lujosa, con salones y decoraciones al más puro estilo afrancesado: una mansión que con frecuencia recibía a los más importantes personajes de su época, incluido el presidente Porfirio Díaz.

Lamentablemente, don Hugo Scherer solo pudo disfrutar su mansión durante tres años, pues murió en 1909 durante un viaje a Alemania. La casa fue habitada entonces por la familia y sus amigos, y en 1913, fue víctima de los enfrentamientos causados por la ya mencionada Decena Trágica, cuando un proyectil golpeó el ala norte de la construcción. Inevitablemente, la gallarda mansión fue incautada por el gobierno de Venustiano Carranza, para luego volverse la escuela English School for Boys y luego la Academia Hispano-mexicana, durante la década de los cuarenta.

Esos días de 1913 fueron el primer momento en que el Distrito Federal se volvió el verdadero epicentro de la lucha armada, a pesar de las grandes batallas en el norte del país y la rebelión de Zapata en el muy cercano estado de Morelos. Antes, el alzamiento no pasó de una serie de escaramuzas y negociaciones políticas en remotos valles con ecuestres tolvaneras, ajenas a los palacios adornados con tezontle labrado, esa roca porosa que brotó hace siglos de los volcanes cuyo azufre fue vital para que Hernán Cortés se abasteciese de pólvora. El gran remolino social irrumpiría en la luz de los cielos de la capital y sus pavimentos con grecas rectangulares de laja gris. Ya que se asentó el polvo de esas cabalgatas y la ciudad fue botín de un definitivo bando ganador, la casa de Hugo Scherer, en el Paseo de la Reforma, fue uno de los blancos de aquella famosa banda del automóvil gris.

Scherer recibió el siglo XX muy atareado, construyéndose su gran casa entre el festivo periodo de entre 1897 y 1901, en un barrio entonces residencial justo frente a la glorieta de Colón, en Paseo de la Reforma.

Alzar ahí una finca era una toma de posición si eras mexicano, ya que ese sitio tenía un doble sentido: Colón, el representante menos indicado de España, pero sí de Europa, quizá por ser genovés y de confusa genealogía.

La idea del presidente Díaz era formar un espacio de reconciliación, ahí en su avenida principal, ante el desencuentro de dos mundos que se habían enfrentado por décadas: liberales y conservadores, religiosos y no religiosos, republicanos que no estaban muy seguros de cómo hacer una democracia al mismo tiempo que los monarquistas locales veían con preocupación caer y confundirse las casas gobernantes de Europa. La democracia era un invento demasiado reciente y la monarquía se resquebrajaba, por lo que el republicanismo era un buen punto intermedio. "Democracia" era un término griego de un ruinoso mundo mitológico y "república" resonaba como la próspera serenidad de Venecia. Y de ese Véneto vendría Massimiliano de Habsburgo a bordo de la fragata *Novara*, dejando para siempre su castillo de Miramar.

Paseo de la Reforma, donde estuvo antes El paseo del Emperador, fue un lugar de contraste y equilibrio político, dado al traste. En un extremo, la glorieta en honor a Cristóbal Colón y, en el otro, la dedicada al emperador Cuauhtémoc, cuya primera piedra fue colocada por don Porfirio Díaz el 5 de mayo de 1878, aniversario de su gran batalla contra los europeos invasores en Puebla, para que no hubiese duda de su carácter nacionalista.

Era una reconciliación con el viejo mundo invasor, y a la vez un simbólico recordatorio. Aún no se festejaba con pompa oficial el triunfo liberal de la intervención del 5 de mayo, pero ya existía desde hacía rato en París la calle Puebla, recordando la segunda batalla ganada ahí por los franceses, mientras los mexicanos recordaban la primera... En la calle Puebla ya había nacido en 1869 una futura celebridad: nada más ni nada menos que el asesino serial Henri Desiré Landrú, quien se beneficiaría de la tecnología del siglo xx para usarla en sus crímenes. Landrú, merece una pausa en esta caminata.

Así como La banda del automóvil se aprovechó de los avances de la tecnología de ese nuevo siglo, Landrú pudo concretar sus romances y crímenes gracias a la reciente invención del anuncio clasificado. De esa forma tan moderna contactó a sus víctimas, a las que sedujo y convenció de hacer una vida juntos, después de asegurarle la cesión de sus propiedades, como aún se estilaba en el xix. Si la sola idea de que la mujer emitiera un voto daba escándalo, más aún que tuviese una propiedad sin un hombre que la asegurase. Landrú tejió así su mortal red social. Ese método de conseguir matrimonio gracias a un anuncio clasificado le funcionó mucho mejor en 1895 a la futura espía Mata Hari.

La glorieta Colón cumplía un viejo deseo del emperador Maximiliano de Habsburgo, que en ese sitio había realizado un homenaje al aventurero genovés. Para ese tiempo, era el inicio del Paseo del Emperador, luego Paseo Degollado, hasta mutar en Paseo de la Reforma. Quien logró ese sueño fue el primer empresario ferrocarrilero de México y en su momento el más rico de México, Antonio Escandón y Garmendia, deseoso de que ese monumento diera la bienvenida a los usuarios del ferrocarril, pero no pudo verlo, porque fue uno de los que le ofreció su corona a Maximiliano y tuvo que exiliarse en Francia al triunfo juarista, aunque volvió solo para su inauguración en el Paseo de la Reforma en 1877.

Todo cambia y al mismo tiempo sigue igual mientras el dinero no cambie de dueños. Pese a haber sido alguien que trajo a Maximiliano y la Francia guerrera, no le fue tan mal a los hijos de Escandón que se quedaron en México. Su hijo Pablo Escandón y Barrón llegó a ser jefe del Estado Mayor del propio Porfirio Díaz, con el cargo de coronel, y manejaba el protocolo diplomático en Palacio Nacional y el alcázar de Chapultepec, además de fungir como enviado diplomático a la coronación del rey Jorge V de Inglaterra. El joven había sido educado desde niño en Londres y a su regreso a México fue uno de los fundadores del Jockey Club. No solo iba a tomarse el coñac y socializar, sino que ganó la primera medalla olímpica para México en los Juegos Olímpicos de París en 1900. Fue gobernador de Morelos en plena Revolución y tuvo como enemigo principal a Emiliano Zapata. Todo cambia y al mismo tiempo sigue igual mientras el dinero no cambie de dueños. Pero el leopardo no puede cambiar fácilmente de manchas, aunque se le confunda con gatopardo.

En 1947, la casa de la familia Scherer fue destruida y el terreno fue usado durante años como estacionamiento, hasta que en 1970 se construyó ahí el edificio Fiesta Palace, luego Fiesta Americana, muy usado por los políticos de provincia por su cercanía con el Senado de la República... El monumento a Colón fue removido de ese punto al ocurrir otra transformación de México, pero aún pervive como fantasma.

El fantasma de la residencia de los Scherer existe rodeado de leyendas y de los espectros de sus antiguos habitantes. Esta casa, como muchas otras que han dejado de existir, aún sobrevive de alguna manera para recordarnos la larga y compleja historia de nuestra ciudad. Ahí trataron de proteger al diputado Serapio Rendón, uno de los valientes opositores a la dictadura del traidor Victoriano Huerta.

Tranvía especial de Tlalnepantla

Por el reportero Shane

La muerte de don Serapio Rendón fue cobarde y a la vez muy romántica. Fue asesinado por la espalda mientras escribía una carta a su esposa. Sabía que pronto correría la misma suerte de su paisano y amigo, el poeta José María Pino Suárez, y pidió papel, pluma y tinta. También era hombre de letras, abogado con estudios en el Instituto Literario de Yucatán. Era de madrugada, quizás pensaba que sería fusilado al amanecer, pero desde una claraboya le dieron bala mientras escribía la primera línea.

Días antes, el 17 de agosto, asesinaron en Juchitán al diputado Adolfo Gurrión, también opositor al huertismo, por órdenes del doctor Aureliano Urrutia, ministro de Gobernación y quien personalmente curó de los ojos a Victoriano Huerta y le cortó la lengua al senador Belisario Domínguez. El también diputado Manuel Origel fue detenido al día siguiente en el cuartel de la Canoa. Un gobierno que aplica la ley fuga o el vil asesinato en público de sus tribunos que denuncian su atrocidad, busca hacer pasar la muerte de Gurrión por un ataque de bandoleros a su escolta en su traslado a la capital, pero los telegramas cifrados de Urrutia y sus militares de confianza se filtraron y hubo un repentino ascenso al capitán Canseco, quien no habría sido capaz de salvar su vida.

Leo sobre la muerte de don Serapio Rendón, que antes para mí solo fue una calle de la Ciudad de México, muy mencionada en los medios al anunciarse el Teatro Manolo Fábregas: Serapio

Rendón, número 15. ¿Quién fue ese ilustre caballero? Nada menos que un valiente diputado que, al igual que Belisario Dominguez, espetó al gobierno asesino de Huerta en la tribuna. Fue detenido al salir de una cena en casa de la señora Clara Scherer, donde ella y un grupo de amigos le insistieron en que abandonara el país. Él aceptó su consejo, pero afuera lo esperaba un pelotón que lo llevó en un tranvía especial a la cárcel de Tlalnepantla. Ocultaron su cuerpo en un baldío trasero, pero el testimonio posterior de la señora Quirina Lorenzana, vendedora de tamales de la prisión, permitió encontrarlo y saber las circunstancias de su muerte.

¿Qué tipo de lugar era ese instituto literario de donde habían surgido tanto Serapio Rendón como José María Pino Suárez? No era un club de bohemios, sino una de las primeras universidades públicas. El 18 de julio de 1867, el general Manuel Cepeda Peraza firmó en Mérida el decreto fundacional del Instituto Literario, iniciándose así la enseñanza superior, laica y liberal a cargo del Estado en Yucatán. Comenzó su funcionamiento en el local del Colegio de San Pedro, actual edificio emblemático de la Universidad Autónoma de Yucatán, donde en el otoño de 2003 me tocó hacer una residencia artística.

En 1872, y con ese mismo espíritu, surge en Sinaloa el Liceo Rosales, más tarde Universidad Autónoma de Sinaloa, también nacido bajo el ídeal liberal: crear hombres comprometidos con los valores, cultos y de pensamiento independiente, que no se dejaran llevar por compromisos con los cleros o gobiernos corruptos, además de injerencias extranjeras.

Una nación que no se eduque, nunca sabrá cómo enfrentar lo que es injusto.

Por cierto, el concesionario de los primeros tranvías fue Antonio Escandón, aristócrata que formó parte de la misión que trajo a Maximiliano, artífice monetario e ideológico del desaparecido monumento a Cristóbal Colón.

—Curiosa redacción. Cierra usted como discurso político, más que como el discurso de un político.

—Ayúdeme a desentrañar… ¿Me ha dicho un elogio o una indirecta?

—Nada más le puedo decir. El verdadero comentario editorial es el que concluye su texto con un postulado absoluto que hace que el lector se sienta de acuerdo. En comunicación o comunión. Me gusta que rescate lo del tranvía. ¿Sabía usted que durante su multitudinario funeral, el ataúd de Madero fue llevado en tranvía hasta el Panteón francés de San Joaquín?

—Desconocía ese dato.

—Nuestros cronistas no lo destacan porque era algo obvio. Hay filmaciones silentes de ese traslado, con el tranvía adornado con guirnaldas de luto.

—Quisiera seguir indagando sobre el tema. Antes del tranvía de Tlalnepantla y La banda del automóvil gris hubo dos automóviles negros que tuvieron gran protagonismo en la violencia política. Dos automóviles negros primero y luego uno gris. El leopardo no puede cambiar de manchas, pero en la política un gatopardo es quien sabe cambiarse a sí mismo para que todas las cosas sigan igual. Del negro al gris se pasa fácilmente, sin llegar a ser blanco del todo. Y así, nunca eres el blanco en la mira de alguien, ya seas francotirador político o de armas tomar.

—¿Ya compró vehículo propio? ¿Sigue desplazándose en la capital en metro y taxi? Es tarde, no tome taxi en la calle, y por favor llame al sitio de confianza del periódico para que le envíen un coche de alquiler. Los asaltos en esta zona en taxis con documentación falsa volvieron a aumentar y, perdone que se lo diga, su acento norteño es anzuelo para esos choferes deseosos de hacerle dar vueltas por una ciudad que desconoce para cobrarle más o llevarlo, Dios guarde, a un cajero automático para desvalijarle su cuenta, arma en mano y con un cómplice esperando en una esquina. Su tono y pronunciación siguen siendo fuereños, no basta con decirle a los demás "oye, mano" para volverse capitalino. En Cuba a los mexicanos nos dicen "manitos" porque antes iba pura gente de esta ciudad para allá a hacer turismo.

—Tomaré en cuenta su dato.

—Y por los otros accidentes de trabajo, tome precauciones. El mejor seguro de un periodista es tener un código de ética intachable. Su labor es informar de manera imparcial: no es un justiciero. Tampoco de los crímenes del pasado, eso les corresponde a los historiadores o a los electores. ¿Va? Un trabajo secreto, muy triste, de un editor es evitar la vocación suicida de los periodistas a su cargo. No siempre tenemos éxito.

1915
El año del automóvil gris

(Las uñas listas)

He recibido en herencia esta carga de superstición e insensatez.
Gobierno a innumerables hombres, pero debo reconocer que
soy gobernado por pájaros y truenos...

Julio César, *Los idus de marzo*

La primera etapa triunfal del automóvil gris hay que entenderla como parte del tercer acto de la Revolución mexicana, producto del momento en que, derrotado Huerta, Villa se va a guerrear al centro agrícola y ferroviario del país contra las fuerzas de Obregón, aliado de Carranza, y abandona la capital, que estaba a cargo de los grupos zapatistas. Carranza se refugia en Veracruz y Tamaulipas, un territorio menor pero con puertos seguros y yacimientos de petróleo. No se pusieron de acuerdo las dos fuerzas en pugna y no pocas veces entre ellos mismos. La ciudad de México se vuelve tierra de nadie, a veces ocupada por los carrancistas de Pablo González y en otras por los zapatistas, incapaces de cortar las vías de aprovisionamiento para debilitar a Obregón.

Así fue como Obregón derrotó a Pancho Villa, con base en una batalla de resistencia donde aquel no tuvo el suficiente parque, y trató de romper el sitio con fatales cargas de caballería. No fue tanto que el uso de trincheras y la asesoría del oficial prusiano Maximiliano Kloss marcaran la diferencia, como dice un lugar común, enfocado en quitarle mérito a los mexicanos y recalcar la terquedad del Centauro del

Norte. Hubo momentos en que las fuerzas de Villa estuvieron a punto de vencer, pero las guerras las gana el ejército que comete menos errores y el que tiene más parque y dinero. Un acierto de más, o un error de los otros en momentos cumbre, habrían cambiado la historia.

Fortunato Maycotte, quien años después sería defenestrado, le salvó el pellejo a Obregón de un ataque oportuno y, en otro menos recordado, tropas villistas desobedecieron la orden suprema de resistir y no salir a cabalgar a campo abierto. El general Francisco Munguía, más tarde eliminado por Obregón, lo libró del desastre en Celaya y, al perder Obregón su brazo y quedar incapacitado en la batalla de León, hacia donde Villa trasladó el combate para darle mayor movilidad a su caballería, escuchó lo que parecían ser sus últimas palabras luego de un intento de suicidio con la mano que le quedaba. Tomó el mando el sinaloense Benjamin Hill y mandó abandonar las trincheras y pasar a la ofensiva, concretando la victoria total sobre el villismo. Las vías hacia la capital quedaron libres.

La segunda etapa de éxito del automóvil gris es ahí, en el periodo en que el carrancismo instala sus fueros en el Distrito Federal. Más que el carrancismo, hoy diremos que las fuerzas de Pablo González, ya que Carranza seguiría en Veracruz largos meses, sin ser del todo el amo de la situación. Solo hasta que el Barón de Coahuila llegó a la capital en mayo de 1917 es cuando a su movimiento podrá llamársele constitucionalista y definitivo. No dominaba todo el país y apenas a sus propios generales. Es casi un año el periodo en que el victorioso se tarda en tomar la poco estratégica pero simbólica metrópoli, ahí donde Pablo González era el hombre fuerte y la veía como su feudo.

Luego de la fuga en la Decena Trágica, los hombres que llegaron a la historia en un automóvil gris se reconocieron en 1915, el año del hambre, año de la zozobra, la violencia, la ciudad ocupada por ejércitos diferentes y un caos que hacía ver las anteriores vacilaciones de Madero como el último intento perdido para sacar al país de la barbarie.

En el lapso posterior, el villismo ha implosionado: sin capacidad de obtener armas y municiones de la frontera de los Estados Unidos, el general Villa inicia una fratricida guerra de guerrillas por más de cinco años. Un día arenga a ochocientos hombres, y al otro huye con veinte, y se vuelve un Robin Hood que comete enardecidas atrocidades. Algunos cuerpos villistas sobrevivientes de los combates de Celaya en el centro del país se esparcieron y fermentaron, creando un bandidismo difícil de erradicar, que dio pie a que el ejército federal se dedicara a atacar a Zapata, ya sin la presión de las cargas de caballería de Doroteo Arango, los movimientos ágiles de trenes de Rodolfo Fierro y la puntería política del artillero Felipe Ángeles.

Los ataques a las haciendas y pueblos de Morelos son más terribles que en la época de Victoriano Huerta. Zapata se vuelve un guerrillero aislado, como el coronel Kurtz en *Apocalypse Now* o el subcomandante Marcos en Chiapas. El horror y el horror. Pablo González, el gran saqueador, enviaba a las fundiciones de la capital todo el metal que encontraba en ese estado, enriqueciendo su bolsillo y provocando una escasez de herramientas y estructuras. De repente, los almacenes no tenían soportes metálicos ni había material para que los herreros hicieran balas o simples clavos. Guerra total, tierra arrasada sin posibilidad de un arreglo ni entre los propios vencedores.

Es ese el parteaguas que Higinio Granda decide adjurar, por un incómodo lapso, a la delincuencia en el Distrito Federal, ingresando a la libertaria fuerza zapatista. El remolino de La Bola Revolucionaria volvía a alebrestarse, y decide correr suerte y pasar un lienzo por su pasado candente. No son raros en esos tiempos los hombres a los que la irrupción de una guerra les salva la vida.

Al vislumbrarse el rompimiento de la lucha agraria de Zapata y el movimiento político carrancista, Higinio acude a su hermano Juan, a la sazón coronel zapatista, y con él se refugia en la Bola y aprende a moverse en el ámbito militarizado; preconizante escuela que útil le será al volver a la metrópoli, concluida esa parte del conflicto.

A pesar de que el zapatismo cundía impregnado por la lucha por la tierra y los valores de la gente del campo, Granda solo asumió las ventajas pragmáticas de cabalgar con uniforme, arma a la vista: el inevitable desorden legal, más lo sorprendente de ser bien recibido en los espacios dominados por los hombres si su uniforme certificaba su dominio, manejo y control impune sobre las armas, y además, sobre de los mismos hombres.

Su general Amador Salazar es nombrado comandante de la ciudad de México, y el capitán Higinio Granda pasó a ser parte de su estado mayor, así que al retornar a sus viejas calles, comenzó a recorrer empavonado en galones sus antiguos barrios y rancios compinches, felices exconvictos, luego del cañonazo de la cárcel de Belén.

Es en la cantina El grano de arena, propiedad del español Venancio Gómez, donde arma concilio con sus paisanos peninsulares Fernández, Teixeiro y Antonio Vila. Emergen Risco, el Gurrumino, el Pifas, Sansí, Mercadante. Lo mejor de cada casa. La historia secreta de un país se enciende en los cafés y en las cantinas.

El capitán irregular Granda les revela el mecanismo de contrainteligencia que manejaba el cuartel zapatista. Y como él tiene acceso a las órdenes de cateo para las residencias porfirianas, constantemente esculcadas en busca de arsenales o prisioneros, concibe la fenomenal idea de aprovechar esas órdenes y la rutinaria presencia castrense en la ciudad para introducirse y saquear esas fincas. ¿Quién osara a denunciar o enfrentar a un ejército vencedor? Y más si eran ricos, acedos aliados del destronado gobierno.

El primer golpe es el 7 de abril de 1915, en la casa número 5 de la primera calle de Colón. Abordan el Lancia Torpedo alquilado a Salvador Anaya y con un chofer descendiente de japoneses. Gracias a ellos, primero fueron conocidos como "La banda del japonés", inesperado detalle que los volvió más misteriosos.

Madero era amigo de esos asiáticos invasores.

Tocaron la puerta y el señor Enrique Pérez —luego de oponer resistencia en sentido que no ocultaban ningunas armas y luego de un empellón y un discurso leguleyo, vitriólicamente revolucionario— los dejó entrar a la casa del señor Toranzo, quien se encontraba enfermo, y juró vehemente que, por ser súbdito español, no tenía ni armas y evitaba inmiscuirse en los asuntos internos de México.

Ellos insistieron en ser soldados del ejército libertador en comisión y que se levantaría un inventario de lo que se llevarían.

"No debe usted preocuparse... Al ser demostrada la inexistencia de su delito de acopio de armas, podrán usted ante usía y los representantes del Supremo Gobierno ir a recabar el material incautado, que también puede ser sedicioso, ya que se ha demostrado que las joyas y demás riquezas portátiles son armas también, pues sirven para financiar compra de armas, municiones o la voluntad de jefes políticos sin conocimiento de latín, iletrados y sujetos a la codicia de sus escribientes".

Toranzo, ante el tono leguleyo entre patán capitalino y bruto cántabro —él conocía a ambas especies en su faceta de aprovechadores— insistió que fuera el señor Pérez con ellos a la comandancia.

Como suele suceder, el señor Pérez salió más respondón que su amo y, cuidando sus intereses que también eran los suyos, se percató que la dirección indicada en el documento no era la de la comandancia militar, así que le clavaron la pistola en las costillas y lo subieron al vehículo. Le dijeron que primero irían con el General Amador Salazar, inspector de policía, quien había encargado esa comisión, pero al ver que no se amedrentaba, siguieron a rumbo; luego de cruzar la garita pasaron por las ya famosas barriadas de San Juanico y Santa Julia para hacerle creer que le aplicarían la Ley Fuga. Ahí, en los solitarios llanos, lo abandonaron todo golpeado de pies y manos. Horas después Pérez fue descubierto por un grupo de arrieros que humanamente lo dejaron en el entonces cercano pueblo de Tacuba.

Su patrón, el señor Toranzo, decidió que iba a vengar la afrenta suya y levantó la denuncia, señalando que, para mayor agravante de la injuria, Enrique Pérez era hijo de un respetado general porfirista, muerto heroicamente en la campaña del Yaqui.

Quizá por eso La banda del automóvil gris no se animó a ejecutarlo. Quizás habría que seleccionar mejor a sus víctimas. Quizás los escogieron porque parecían ser una pareja homosexual secreta a la que no le convendría hacer denuncias, luego del ejemplo de las redadas de los 41, que en 1905 fueron hechos presos y enviados a cortar henequén a Yucatán. En ese tiempo los hombres que vivían solos eran víctimas de constantes extorsiones.

La denuncia de Toranzo fue inútil. Todas sus joyas fueron llevadas al señor Selim Halifat, quien se convertiría, a partir de ese momento, en el comprador de todo el oro, plata y pedrerías de los botines futuros.

***

Grandes conjuras han surgido en un bar o cantina. El partido nacional socialista surgió en una cervecería de Munich. La banda del automóvil gris se encendió en El Grano de Arena, colonia de la Bolsa, posterior a la muerte automotriz de Madero. En ese vacío de poder donde zapatistas y carrancistas entraban y salían, estos personajes pusieron su propio granito de arena que a su momento levantó una tolvanera que alzó a varios. Y, de paso, a una nación entera.

Pero el capítulo más espectacular de La banda del automóvil gris no sucedió en los robos a domicilios porfirianos ni con las joyas aparecidas sobre los pechos de las amantes de los generales. Fue ni más ni menos que el asalto a la Tesorería General de la Nación, localizada en la parte posterior del Palacio Nacional, separada del resto de las dependencias apenas por una reja de hierro, cerrada con gruesos candados al concluir la jornada y custodiada por militares de abolengo.

Esa era la gruta del deseo criminal. A partir del caos económico generado por tanto papel moneda producido por las diferentes facciones revolucionarias, en la ciudad de México los impuestos y las contribuciones sólo se podían pagar con monedas de oro y joyas. El general González fue quien tomó esta determinación, mostrándose "muy celoso del cobro de las contribuciones", y por lo tanto, día a día las cajas de la Tesorería enriquecían. Ahí se acumulaba un poderoso *stock* digno de un faraón guerrero en espera de las invasiones hititas.

Al concretarse ese robo, el más duro cuestionamiento de la sociedad giró en torno a cómo habían logrado los malhechores allanar tan resguardado lugar en el centro más simbólico de la república. La pregunta trajo consigo la hipótesis de la complicidad entre vigilantes y facinerosos. Sin embargo, lo único cierto era que la Tesorería había sido saqueada, y a los pocos días las alhajas extraídas fueron puestas a la venta —en el mercado ilegal y oculto de los barrios bajos de la ciudad—, dando

166

oportunidad a sus dueños para readquirirlas a menor precio y sin tener que liquidar los adeudos de contribuciones que exigía Pablo González.

Corre en tinta y papel la versión de que este atraco lo planeó un personaje de la élite política, quien se comunicó con Higinio Granda con base a anónimos, erigiéndose en jefe temporal de la gavilla motorizada. Para Granda, el brazo ejecutor, la recompensa sería la inmunidad perpetua del brazo de la ley, de la cárcel. Sin afirmar ni negar el caso, se sabe que este Higinio Granda murió de tifus muchos años después de haberse registrado los sucesos. ¿Fue real esa intervención o un pretexto posterior inventado para justficar el robo y ser de los pocos sobrevivientes libres? Ahí Carranza entendió que algo podrido estaba en la capital y ya no podría seguir mirando hacia otro lado.

Dos méritos grandes tuvo don Venustiano: ser el primer gobernador que encabezó la lucha contra Victoriano Huerta y ser el impulso legitimador de la Constitución. Algunos aún no le perdonamos que no haya sabido hacer gobierno con las fuerzas vivas e indómitas de Villa y Zapata, y que desobedeciera a la Convención Revolucionaria, yéndose a Veracruz, acción que provocó una larga guerra civil que no nos mencionan los libros de texto porque ya viene incluida en el "paquete" de la Revolución. Otro asunto poco tratado es cómo Carranza vive su presidencia a partir de 1917 y se empecina en no aceptar a Obregón como sucesor mientras enfrenta presiones de los Estados Unidos, que emergía como una gran nación hambrienta de gasolina, carburantes y demás materias oscuras que abrirían sus tentáculos. Las guerras del siglo naciente serían por petróleo y se ganarían con más petróleo: por algo el futuro *Führer* de la Alemania nazi concentraría su invasión hacia los campos de petróleo en Bakú y la cuenca del mar Negro antes que en Moscú, partiéndose el espinazo contra el hito de Stalingrado. México tenía yacimientos muy a la mano en su autoproclamada zona de influencia.

No en balde, Carranza pensaba en Ignacio Bonillas como su sucesor, un civil sin ímpetus militares que recordaba demasiado a los defectos de Madero, y que tenía el poco preciado plus de haber sido embajador en

Estados Unidos y conocer muy bien la manera de actuar del nuevo enemigo a vencer o, al menos, la forma de apaciguarlo.. El Gran Garrote, creado por Teddy Roosevelt, seguía dando molinetes en el brazo del presidente Wilson, quien no se animaba a entrar a la guerra europea, consciente de que la vasta ciudadanía de origen alemán en su país podría provocarle conflictos, básicamente electorales. Aquí, en el valle del Anáhuac, el simple hecho de que Bonillas hablara inglés fluidamente lo ponía en una posición mejor que la de los otros jefes revolucionarios, montados en cananas y batallones a la hora de salir a negociar fuera del país. Como en los tiempos de Maximiliano, las relaciones exteriores cobrarían un papel fundamental en las combinaciones y escaramuzas intestinas.

Ignacio Bonillas tenía dos cualidades, una muy poco apreciada en ese momento: ser un civil. Desde ahí, siguiendo el ideal maderista, Carranza aspiraba a dejar a alguien con educación cívica y ajena a la cultura militarista... cosa que solo ocurrió en México cuando llega el presidente Miguel Alemán, siendo Ávila Camacho el último en ser llamado general. No olvidemos que todavía hasta hace poco se exigían estudios formales para tener un cargo de gobierno. Hay excepciones por encima de la regla, claro, pero muchos ni sabían dónde estaba el Senado o para qué servía. Las cartas de Zapata revelan al leerlas que fueron redactadas por escribientes, hasta salpicadas de giros españolizados. Antonio Villarreal, Benjamin Hill o el mismo Pascual Orozco tenían buena educación y recursos propios, por mencionar a tres norteños distintos.

El reino de los "licenciados" desbancó a los que se hacían llamar "maderistas de la primera hora". Muchos estados siguieron siendo hasta los años cincuenta gobernados por excombatientes: en Sinaloa el último general fue Gabriel Leyva Velazquez.

¿Qué habría sido de este país si desde 1920 hubiéramos tenido presidentes civiles y los militares hubieran asumido su lugar, además de aprender de la alternancia? Tampoco es baladí pensar que Carranza intentaba aplicar un maximato con Bonillas y cometió el error de no darle las parcelas correctas de poder al grupo sonorense. En la historia todo eso es posible.

Pocos gobernantes nuestros han hablado un inglés fluido y siempre han hecho política vía intérpretes... El primer bilingüe al que le encantó lucirse ante las cámaras con su pronunciación perfecta fue Carlos Salinas de Gortari en 1988. Luego, Ernesto Zedillo lo haría con su educado acento de profesor de Yale University. Pero ninguno de ellos como el escritor Carlos Fuentes quien, en sus charlas anglosajonas y con una altisonante creatividad, intercalaba modismos juveniles con intrincados juegos de palabras solo para intelectuales.

Pero Obregón y Pablo González no cederían el poder a un petimetre científico-tecnócrata, sin arrestos ni base social guerrera; parecían decir, como lo haría setenta años después un líder priísta que no combatió, pero que fue contemporáneo de los tiempos de la Revolución: "a balazos llegamos y con votos no nos iremos".

Aun herido de muerte en el norte, Villa logró asestar golpes al ejército y no pocos de ellos despiertan ecos en la nobilísima Ciudad de México. Una frontera inestable, por remota que estuviese de Reforma y Bucareli, siempre daría el pretexto para poner la bandera yanqui a ondear una vez más en Palacio Nacional. El diario del bisabuelo Versolari sigue narrando esos trastornos y tarascadas en la familia revolucionaria a la que, en su momento, él sabría incorporarse con su halo de cercanía a Manuel Bonilla y demás maderistas.

Del *Diario* de Francisco Versolari

1915

Hoy es abril 26, día en que compro esta libreta de anotaciones, me entero de que acontece un robo a la casa de a don Vicente González, en la 5ª calle de la Luna 640, por La banda del automóvil.

No dejaré aquí más apuntes hasta que suceda algo de verdadera importancia para mí. Me niego a hacer de un diario una crónica de actos delincuenciales. Aún no sé bien cómo hablarle a ese otro yo que se escribe y lee a sí mismo tratando de ser el otro.

Llegamos al mes de agosto. Todo el cielo es un biombo de relámpagos.

Los vientos provenientes de Veracruz dejan sin hojas a los chopos y sabinos viejos, descascarando un añejo sauce llorón de corteza laminar. Creo percibir en la Alameda un dejo salobre, a mar en pausa, luego de un repentino aliento que me voló de súbito el sombrero.

Hoy estamos a 19 y la nota para la siguiente edición del diario es que siguen las presiones del vecino del norte y que su apoyo se decanta más hacia don Venustiano. Están dejando de jugar, con ambos bandos en pugna, en esta etapa que nadie se atreve a llamar guerra civil, porque para ellos es la misma Revolución maderista en proceso; aunque la figura de Madero siga bajo miradas críticas nada misericordiosas. Le siguen culpando de no haber sacado el guante de hierro o la guillotina que exigen las revoluciones modernas. Hasta el Renacimiento fue una época de desorden y grandes matanzas dentro y fuera de Europa. ¿Todo tiene que estar en combustión y estallido? Sin el fuego de los volcanes y sus reacciones químicas destructoras, nos dice la geología, la vida no habría existido jamás en este atormentado planeta.

Han preferido los estadounidenses a un político de profesión que a un caudillo militar de extracción popular como el feroz Francisco Villa. Y aparte, Carranza ha sido gobernador de un estado fronterizo. Contestan Obregón, mi paisano Salvador Alvarado, Manuel Diéguez y otros, la nota de Washington en el sentido de que Carranza es el único indicado para resolver la actual situación. ¿Se referirán a la crisis de ingobernabilidad del país o a las constantes presiones e injerencias del gobierno yanqui hacia esta república en permanente inercia? Somos un volcán a punto de sacar magma de nuevas grietas, grandes heridas en la roca.

Me escribe Alfonso Taracena la siguiente nota:

"Aunque ningún periódico de la ciudad de México dirá una palabra, se habla de que hoy, a las cinco de la tarde, La banda del automóvil gris asaltó la residencia del ingeniero Gabriel Mancera, situada en el número 94 de las calles metropolitanas de Donceles. Cuatro individuos llamaron primero a las puertas y, al franqueárselas el portero, mostraron una orden de cateo firmada por el general Francisco de Paula Mariel. Pistola en mano, obligaron al señor Mancera a abrir los muebles que servían de escondite, de los cuales extrajeron alhajas y monedas de oro y plata, todo con un valor cerca de medio millón de pesos".

Apenas si en *The Mexican Herald* se redacta hoy la nota del robo de un convoy de la Contaduría, practicado esta mañana en el patio de la estación de Buenavista. Mañana publicará, el mismo diario, que está detenido entre los presuntos responsables un individuo llamado Carlos Castillo, alias el Perro, de quien el vigilante, coronel Tomás Marmolejo, afirma pertenecía hace poco a la Brigada Mariel y ostentaba insignia de capitán. (*Nota posterior*)

Gabriel Mancera es un rico empresario minero del estado de Hidalgo, con varios fundos en Mineral del Chico y fábricas textileras, además de intereses en los ferrocarriles de Hidalgo y el noroeste. Todos esos datos los recopilo antes para armar mi nota en el periódico... Apenas estoy conociendo a los ricos de aquí y ya los están asaltando. De súbito, no me siento seguro al reportar notas de temas y gente que no conozco ni domino; mi jefe de sección confiesa que por eso me solicitaron. Mi ignorancia me dará temple para tocar temas locales directo y con fuerza. Casi todos los periodistas de mi edad tienen compromisos o tomaron partido y sus notas son tibias, sin los arrestos justicieros de mi juventud.

Mancera se dedicó a explorar nuevas minas en Real del Monte y Pachuca, posición que lo hizo ser uno de los hombres más ricos del país. Fue confinado en Puebla por el gobierno de Maximiliano de Habsburgo, debido a su pensamiento liberal. Con la derrota imperialista y la reinstalación de la república, fue diputado federal en la IV Legislatura del Congreso de la Unión y senador. Además, representó a México en la *Centennial Exposition* de Filadelfia.

Detalle interesante: cinco años antes se le había conferido el doctorado *honoris causa* por la Universidad Nacional entre los primeros grados otorgados por don Justo Sierra en 1910.

Un collar de esmeraldas, botín de ese atraco, será visto pronto en el níveo cuello de María Conesa, la gatita blanca. (*Nota posterior manuscrita*)

Agosto 30

Muere Pascual Orozco en un rancho de Lobo, Texas, en las montañas Van Horn. Se rumoraba que preparaba una invasión. Lo mataron miembros de la caballería de Estados Unidos en una situación no muy clara. Se afirma que invadió el rancho de la familia Love.

Septiembre 3

Pascual Orozco es sepultado en El Paso, Texas. Tres mil mexicanos asisten a su entierro. El hombre que potenció el ascenso de Madero e inició su caída acaba de bajar a la tierra seis años después de su hazaña.

Septiembre 5

—Anda de malas el general Pablo González —me dice Taracena—. Sin leer el documento y fiado en la honorabilidad de quien se lo presenta, estampó su firma hoy en esta orden de cateo que, como otras muchas, dice así: "Teniendo conocimiento este Cuartel General de que en la casa de usted se ocultan armas y pertrechos de guerra, por ende lo dispuesto por el Jefe del Cuerpo de Ejército del Noroeste, en decreto de 3 de agosto del corriente año, señala que los portadores de la presente procederán a catear la casa de usted, en la inteligencia de que cualquier resistencia que se haga, será castigada de acuerdo con el mencionado decreto".

Abandona el tono de escribano y me dice con su aguda socarronería:

—Lo malo es que esta orden fue a dar a manos de Francisco Oviedo, uno de los cómplices del español Higinio Granda Fernández, jefe de La banda del automóvil gris. Oviedo se hizo de la amistad del mayor José Palomar, jefe de la policía reservada del general Pablo González, que lo comisionó para espiar a sus subalternos, de cuya lealtad desconfía. Así ha sido como Palomar se ha ganado las confianzas del preboste general, licenciado

José Luis Patiño; de los generales Juan Mérigo y Francisco de Paula Mariel, y de otros jefes a quienes llama *los Pollones*, por lo bien vestidos que andan y por sus aventuras amorosas. Oviedo indica a Palomar las casas que los de la banda eligen, y así se consuman los asaltos. Existen familiarizados a este tipo de órdenes de cateo por su semejanza con los que ocurrían en la Comandancia Militar zapatista, en cuyo frente estaba el general Amador Salazar.

Escribo al rato:

Aparte de estas plagas internas, la nobilísima ciudad de México sigue bajo amenaza exterior. Al amanecer de hoy, 4,000 zapatovillistas atacan por Barrientos, Tlalnepantla, Cuautitlán y San Pedro Atzcapotzaltongo. El coronel carrancista Sidronio Méndez y el general Ricardo González resisten, haciendo un derroche de temeridad que es menester admirar. Debemos reconocer que no cejan en defender esta plaza que ya se demostró que vale por todas. Quien toma la metrópoli tiene acceso a muchas cosas. Ya no basta con tomar Ciudad Juárez, Zacatecas o Veracruz para forzar la rendición. Estar en la poco defendible capital da una borrosa figura de legitimidad y poder, aunque los amos de ella permitan el robo, el latrocinio, la extorsión y el secuestro.

Septiembre 15

Gran ceremonia de la Independencia: toca las campanas a rabiar Pablo González, tal como lo hacía don Porfirio, y luego va al Salón Blanco con Benjamín Hill y Adolfo de la Huerta.

Septiembre 30

Lo siento, pero estos son rumores de los que no puedo revelar la fuente. Incidentalmente trascendió que han sido detenidos por la policía especial del Cuartel General del Cuerpo de Ejército de Oriente, Higinio Granda Fernández, líder del automóvil gris; su amasia Ángela Sánchez; el Chato Bernabé Hernández; Rafael Mercadante y Enrique Rubio Navarrete, miembros principales de La banda del automóvil gris. Internados en la cárcel de Belén, son puestos a disposición del juez segundo de instrucción militar, coronel y licenciado, César Olivares Rueda. Se les acusa de tres asaltos: el 15 de mayo a la casa del ingeniero Eduardo Olvera, en la sexta calle de Guerrero número 21. A la residencia de Enrique Pérez y el comercio de José Sordo Noriega, en la séptima calle de la Moneda.

Trascendió que cruzó la frontera hoy por la noche don José María Maytorena, uno de los pocos maderistas aún activos en los balazos, que tenía una alta posición económica y social antes del movimiento. Sostiene acudir a la conferencia pacifista, pero en realidad, como muchos otros connotados anticarrancistas, escapa ante las derrotas del general Villa. Efecto dominó que parece más efecto cubilete.

Octubre 1

Son ejecutados en los llanos cercanos de la escuela de tiro los falsificadores de moneda: Galo Mier Lamadrid; Nicasio Suárez, ambos súbditos españoles; Manuel y Arnulfo Filio Morado; Francisco Zea Sanromán y Miguel Badillo. En el camino de Belén a la escuela de tiro, Zea entregó su cartera a un conocido suyo indicándole que la pusiera en manos de su padre, al que le mandó decir que por favor recogiera sus huesos. Al recibir la descarga lanzó un fuerte "Viva México". ¿Creía estar haciendo una labor patriótica al ejercer la delincuencia? No entendemos ya dónde está o qué diantres significa el patriotismo.

Octubre 12

El gran buque acorazado que fue la División del Norte de Pancho Villa naufraga. Siguen las defecciones en el villismo mientras el zapatismo se confirma incapaz de tomar la capital. Nos informan que ha muerto su fiel carnicero, el general Rodolfo Fierro, el audaz ferrocarrilero sinaloense, ahogado en el cieno y sin que nadie acudiera a sus desesperados gritos al cruzar ebrio, por una apuesta, la pantanosa laguna de Guzmán, cerca de Casas Grandes, Chihuahua, donde se perdió con la yegua que cabalgaba y bajo el peso de su botín.

Parece ser que el carrancismo sigue firme, pero no puede detener a Zapata fuera de la ciudad, ni tampoco al famoso automóvil gris. Fusilan a falsificadores y delincuentes comunes que son parte de la cadena del crimen, pero nunca van al origen de la cadena de mando. El hacha no se pone en la raíz, se desliza por las ramas.

Noviembre 25

La ilusión de justicia se complementa, pero de algo sirven estos gestos indirectos. Ante la incapacidad de parar a esta banda, el gobierno actual va sobre los asesinos en la conjura de Madero y otros jefes de la alborada revolucionaria. En el proceso de dar la apariencia de justicia, se ha instruido en la ciudad de México contra el teniente coronel exfederal Jovito M. Orozco por la responsabilidad que le resulta en la aprehensión de los señores Madero y Pino Suárez, y en el asesinato de don Abraham González. Declara el médico del Manicomio General, doctor Carlos G. Terán, que el acusado formó parte de la escolta que se encargó de la ejecución de dicho gobernador maderista de Chihuahua. "Ya le dieron agua a ñor Abraham", dijo al salir de una cantina tres días después de la muerte, cuando aún no se sabía nada de su ejecución. Lo traían supuestamente trasladado a la ciudad de México por órdenes de Huerta y en el cañón de Bachimba lo bajaron del tren y le formaron cuadro. De cierta manera, don Abraham González murió en un campo de batalla. Él fue quien reclutó a Pancho Villa y a muchos otros atravesados hijos de Chihuahua.

Que bien que se aplique justicia a crímenes pasados, pero la gente quiere que se detenga a ese automóvil ubicuo.

Noviembre 26

Expide hoy el general Pablo González en la ciudad de México un manifiesto en el que promete castigar con extremo rigor a los culpables de los frecuentes abusos que se cometen contraviniendo sus órdenes expresas "para que no sea cateada ninguna casa habitación sin autorización legal". Contra el Cuartel General del Cuerpo de Ejército de Oriente se elevan constantes quejas que indican que La banda del automóvil gris, como se ha dado en llamársela, sigue en actividad. La gente ha aprendido a separar la institución del ejército de estos gavilleros con uniforme y ganas de llenarse las talegas de tostones y cuartillas.

Noviembre 28

La prensa norteamericana publica hoy que Félix Díaz ha salido para México con seis mil hombres, ametralladoras, rifles y parque. Félix Díaz se exhibe en los lugares más céntricos de Nueva York para desmentir la especie. ¿Temerá correr la suerte de Pascual Orozco, de quien se decía que tenía tres mil hombres en Texas, listos para invadir México? ¿Cuándo dejará de ser una amenaza latente contra esta ciudad ese sobrino desobediente? Es el general que menos batallas gana y todos le huyen, ¿tanto pesa un apellido? Corre el rumor de que, en una de sus fugas dentro la selva veracruzana, acabó comiéndose un chango crudo porque no supo cómo prepararlo. Por culpa de su ataque a la Ciudadela en 1913, aún anda tanto delincuente suelto y el país hecho una garra.

Diciembre 18

Cuando quiere, la policía atrapa a los culpables. ¿Qué hubiera pasado si no comete el error de despojar a gente como don Gabriel Mancera? Firma en la ciudad de México el general Pablo González la sentencia contra los miembros de La banda del automóvil gris que están en su poder. A Ángel García Chao, Luis Hernández, Luis Lara, Manuel León o Francisco Cedillo, Ángel Fernández, José Fernández, Bernardo Quintero, Santiago Risco y José García se les condena a sufrir la pena capital el 20 del actual mes en la Escuela de Tiro de San Lázaro.

Las damas involucradas han sido exentas de la ejecución: María del Carmen Aréchiga, Mercedes Gutiérrez, Ernestina Mercado, Ángela Agis o Sánchez e Isabel León sufrirán diez años de prisión en la penitenciaría del Distrito Federal. ¿Y sus amigas, las famosas tiples María Conesa o Mimí Derba, no aparecen en esa lista? Ya hay damas que han reconocido joyas propias en el vestuario de estas tonadilleras cuando salen a escena.

Rafael Mercadante, quien es uno de los miembros más conocidos, será pasado por las armas también el día 20 de diciembre. Se absuelve a los demás detenidos. Hasta Juan Preciado, quien tiene una hermana muy guapa que diario le lleva una canasta con sabrosas *cocadas* de Jalisco. Los guardias ya ni la revisan por verla entrar contenta moviendo su talle al pasar el primer filtro de Lecumberri. "Pase, chula", oí que le decían cuando fui tras ellos un día que voy a locutorios a recabar entrevistas. Le pido que me regale un dulce de coco y solo me da una sonrisa, aunque yo quería la vida entera.

Diciembre 20

Más asuntos de automóviles. Firma hoy en la ciudad de México el coronel asesor Francisco Bassó Méndez la primera orden de proceder contra Félix Díaz, Francisco Cárdenas, Cecilio Ocón e Ignacio de la Torre y Mier, así como contra Alberto Murphy, Frank Doughty, Ricardo Hernández, Genaro Rodríguez y Ricardo Romero, estos últimos dueño y choferes de los autos en que fueron conducidos al martirio al presidente y vicepresidente de la república, Madero y Pino Suárez. ¿Vendrán por mí por la relación que tuve con varios de ellos?

Plomo, paredón y silencio. Son ejecutados en la Escuela de Tiro cuatro miembros de La banda del automóvil gris.

Se suspende el fusilamiento de otros cuatro que ya estaban en el paredón, entre ellos Rafael Mercadante, para practicar más diligencias y ver si confiesan dónde esconden la mayor parte del botín. A Fedor Dostoievsky le hicieron esa estratagema de fusilar a varios delante de él y suspender la ejecución de último momento. Eso detonó su epilepsia.

Se rumora que han sido filmados para evitar cualquier duda de que lo hayan dejado vivos por motivo de sus influencias políticas o amenazas. Las vistas serán pronto exhibidas en las barracas de cinematógrafo de todo el país.

Del *Diario* de Francisco Versolari

1916

Febrero 19

Hoy arriba don Venustiano Carranza a Colima con su séquito luego de que se posesionan definitivamente de Amecameca los carrancistas. Ojalá su presencia ponga orden no en la capital, sino en sus propios guardias pretorianos.

Febrero 20

Las cosas se siguen acomodando. Despide en Manzanillo el señor Carranza al general Álvaro Obregón, que va a Culiacán a contraer matrimonio. Es más fácil, rápido y seguro irse a Sinaloa en barco. Viudo Obregón, su nueva esposa es María Claudia Tapia, de Guaymas, Sonora. De seguro va a casarse en la Hacienda La Primavera, donde él trabajó un buen tiempo con la familia Salido.

El general Pablo González concerta una entrevista con el ministro zapatista de la guerra, el general Francisco V. Pacheco, que no acude al lugar señalado de antemano. Don Pablo avanza a pie cinco kilómetros, sin escolta, con su secretario Francisco de Paula Mariel y don Nicéforo Zambrano. Sí, Mariel, el hombre del automóvil y quien dio la orden al pelotón del fusilamiento. El general Pacheco asciende a las alturas de La Cima con más de cinco mil hombres, y se decide a bajar con cerca de cincuenta jefes, distribuyendo vigilantes en las prominencias del terreno;

trae al general Valentín Reyes y a otros que no quitan la vista del general Pacheco y la mano del revólver, para disparar a la menor indicación. Nada práctico se logra en la conferencia. Seguirá siendo Pablo González el verdugo de los zapatistas, y Mariel el amo de los pillajes motorizados.

Febrero 21

Recibe múltiples felicitaciones don Venustiano Carranza hoy en Colima por el tercer aniversario de su protesta contra la usurpación del chacal Victoriano Huerta. Luego de tanto tiempo en Veracruz, poner un pie en otro puerto del Pacífico parece ser una forma de demostrar que domina el país de lado a lado.

Febrero 22

Hoy es un aniversario más de la muerte de Madero y aún sigue polémica y discutida su ejecución. Aparecen cabos sueltos y más gente está dispuesta a hablar ahora que se han señalado a los responsables directos.

Publica *El Pueblo* hoy en el Distrito Federal una carta de un señor llamado Eugenio Klerian, que refiere que en su presencia sacaron los cadáveres de Madero y Pino Suárez del Palacio, adonde dicho señor Klerian había llevado ciertos objetos, como encargado de la Casa Sylvain. Estaba sentado en la banquilla de la guardia de la puerta central del Palacio cuando extrajeron los cuerpos. Esto, agrega, provocó el enojo de un oficial.

Me dicen que el señor Klerian fue cuñado del recientemente fallecido Benito Juárez Maza. Es hermano de Marie Rosalie Klerian. Pocos saben que Juárez luchó con denuedo contra los franceses, pero no tuvo ningún conflicto en que su hijo se casará con una francesa.

Me lo comenta Taracena con calma. Nos quedamos pensando que con la muerte de ese gobernador de Oaxaca en 1911, miembro del Partido Democrático, Madero perdió uno de los pilares morales que lo sostenía y una importante fuerza militar al sur del país. ¿Se habrían atrevido Félix Díaz y Bernardo Reyes a desafiar al hijo del Benemérito? Oaxaca un poco se ha mantenido indiferente a los cismas y simas de la Convención Revolucionaria, controlada por los Meixueiro, y se ha declarado soberana hasta que terminen los generales de pelearse la silla presidencial.

Del *Diario* de Francisco Versolari

1918

El primero de octubre de 1918, el general Juan Mérigo, luego de entrar con el estruendo de sus botas y una voz más cuartelaria que de tribuno, golpeó la cabeza del licenciado Eduardo Pallares, redactor del ABC, con un bastón de caucho, porque su periódico atacaba al ejército.

Días antes, José Vasconcelos escribió en sus páginas que la Revolución solo ha servido "para enriquecer una nueva casta opresora de ladrones con despacho de general". El licenciado Pallares sangró y quedó semidesmayado, y al ver una pistola apuntando sobre él, dijo: "Estoy inerme".

Esto pasó por la noche en un despacho en la calle de la Palma, atrás del Zócalo. Yo estaba en la tienda El Puerto de Liverpool, a pocos pasos de ahí, acompañado de Carlos Pellicer, y nos hicimos varias preguntas: ¿cuál es el ejército ahora?, ¿el que llegó al poder?, ¿cada hombre que acudió al llamado de Madero?, ¿o los oficiales íntegros como Felipe Ángeles y Lauro Villar, estén donde estén?

Tan solo el pasado 22, todos los diarios habían publicado la penosa derrota que les hizo Pancho Villa a los generales carrancistas Joaquín Amaro, Pedro Fabela, y al coronel de mi tierra, Mazatlán, Gonzalo Escobar, en los bajíos de Salaíces, cerca de estación Troya, mientras Villa atacaba Jiménez, Chihuahua. Con solo seiscientos villistas, les provocó una gran mortandad, y el general Muñoz telegrafió a Murguía pidiendo refuerzos.

Septiembre 23

El general Villa volvió sobre Jiménez, donde el general carrancista Muñoz seguía sosteniéndose. Mediante el empuje de sus magníficas cargas de caballería, que no le funcionaron en el centro del país, entró a la población y se dedicó a saquear las oficinas de gobierno y casas comerciales, exigiendo a todos los perfumados fuertes cantidades de dinero. Nadie se atreve a salir a la calle y los villistas atrapan a quienes se aventuran a asomarse. El general Villa se alojó en la residencia de la familia González, donde otras veces se le han guardado consideraciones. A la señorita Antonia González le había venido proponiendo matrimonio, lo que todos tomaban como broma, y ahora que la halló casada con un excarrancista, Jesús Bazán, se molestó y dio oídos a un mozo de esa familia que le insinuó que trataban de envenenarlo. Ordenó Villa que prendieran fuego a la casa. Antonia disparó a los incendiarios varios tiros y cuando Villa llegó, encontró solamente con vida a la señora González, a Sara, su hija, y a una niña de Antonia, de nueve meses de edad.

Sara le ofreció todo el dinero que tenía y Villa accedió a perdonarle la vida si lo seguía, pero como ella se resistió, dio orden a un teniente Quiñones de que la ejecutara junto a una higuera del patio. También murieron la anciana señora González y la nieta de nueve meses. Con la familia González se había refugiado una señora, doña María Aún, con cuatro niños que murieron con ellas mientras se desataba la balacera. Villa dispuso que un señor llamado Ignacio Serritos y un hermano de la señora González dieran sepultura a los cadáveres en un plazo de una hora, que apenas bastó para colocarlos en una calesa, y conducirlos al panteón. En una calle, Villa halló a un comerciante, don Elías Aún, cuya casa de comercio saqueó al mismo tiempo que recibía tres mil pesos en oro de la familia, lo que no le valió salvarse de la ejecución.

Octubre 3

Dan a conocer la iniciativa del señor Carranza para reformar la Constitución de 1917, a efecto de suprimir el municipio libre de la ciudad de México. Entre sus argumentos para apoyarla, están los de que la metrópoli no cuenta con elementos para sostenerse a sí misma, y que la ciudad de Washington, por ejemplo, no está regida por ningún municipio. ¿Serán ideas que le trae de allá su representante Ignacio Bonillas?

Octubre 5

Resucita Félix Palavicini en Nueva York, de donde envía un cable a un periódico hoy, para opinar que el español que merece un monumento en México es Cortés.

Octubre 7

Se multiplican en Laredo los casos de influenza española, epidemia a la que hasta ahora se le da este nombre y que cobra numerosas víctimas. También en El Paso, Texas y en Torreón hay un veinte por ciento de los habitantes enfermos.

Octubre 8

Designa Carranza al general Heriberto Jara, gobernador de Tabasco, para sustituir al general Luis M. Hernández, quien renunció por motivos de salud.

Muere hoy, aquí en el Distrito Federal, el pintor de Aguascalientes Saturnino Herrán. Herrán sobrevivía realizando ilustraciones y viñetas para libros y revistas, así como dando clases en la Escuela Nacional de Bellas Artes. Yo lo visitaba en su taller en la calle Mesones, en el cual se encerraba para trabajar, y su pintura cada vez se hacía más luminosa, en contraste con los tiempos oscuros que padecemos. En la *Criolla de la mantilla*, cuadro que nos encantó ver nacer el año pasado, se puede apreciar la exaltación de las raíces hispánicas de la cultura mexicana, tanto por la modelo, la bailarina y además "novia" española de

Pellicer, Tórtola Valencia. Pero creo que será más recordado por sus cuadros de *La leyenda de los volcanes*. Herrán es de los pocos pintores que, para temas humanistas, usa figuras indígenas, en vez de irse por el fácil y cómodo modelo griego. A todos nos marcó la lectura del libro de Manuel Gamio, *Forjando patria*, y los que no indianizan su arte usan temas europeos con toques de chiquihuite. Herrán no era ninguno de esos y lamento que su pintura tan serena y auténtica se detenga. No escribiré en este diario unos días.

Octubre 9

Noticia grave: se ordena la cuarentena para el vapor *Rafael XII*, porque transporta enfermos de influenza española. Los reyes de España nunca nos mandan nada bueno, salvo a Prim cuando se negó a invadirnos en 1863. En un llano inmediato al pueblo de La Piedad yacen centenares de enfermos. No hay remedio conocido. En la Villa de Guadalupe reportaron treinta soldados atacados del mal. Algunas publicaciones hablan del "mal del Ganges". Los médicos no aciertan a definir de qué enfermedad se trata; las víctimas, antes de morir, arrojan sangre por la nariz y la boca. En la comarca lagunera mueren trescientas personas en cuarenta y ocho horas, y en Monterrey se calcula que hay treinta mil enfermos. En Ciudad Juárez, el hipódromo se ha convertido en lazareto y faltan médicos y medicinas, y pronto habrá ahí más muertos que el sitio que hicieron Madero, Pascual Orozco y Villa.

A Rafael Taracena, mi amigo tabasqueño, le llega el trancazo, pero le resta importancia, quizás acostumbrado como yo a las pestilencias tropicales y curtido de estos estremecimientos de la naturaleza. Dice que por la noche estuvo sangrando de la boca y la nariz, sorbió un limón al acostarse, otro al levantarse hoy, y nada le sucede. Un vecino que vivió las viruelas de la guerra de Reforma le dice que no se confíe tanto en sus métodos y luego los recomiende a diestras y siniestra. A veces, afirma, los que tuvieron inmunidad natural se curan con un tecito, creen que eso es la panacea, se lo recomiendan a enfermos más graves y por esa fe en el remedio campirano, los segundos o terceros enfermos no se cuidan profesionalmente y mueren.

Yo voy a limitar mis andanzas nocturnas. En 1905 sobreviví a la epidemia de peste negra en Mazatlán porque un viejo marino nos aconsejó que nos bañáramos tres veces al día en el agua del mar, a pocas varas de mi casa, y el tiempo demostró que tenía razón: el agua salada endurece la piel, aleja a pulgas, garrapatas y mosquitos, principales agentes de las epidemias.

Luego de varios días de alerta de salud, vuelve a haber muertes repentinas en los personajes que tanto nos han desvelado a los ciudadanos comunes y los redactores. La banda del automóvil gris se convierte en símbolo de nuestros tiempos porque confirma el triunfo de una delincuencia organizada con apoyo del poder fáctico. Con las muertes de la epidemia, parece que se está haciendo un corte social, y los políticos y generales envalentonados aprovechan una vez más el caos para imponer su credo... A ver si esta enfermedad no detiene los ataques zapatistas en la Ciudad de México y pacifica, por sí misma, ese insistente polvorín llamado estado de Morelos.

Diciembre 21

Amanece muerto en su celda de la penitenciaría del Distrito Federal el reo fifí Rafael Mercadante, uno de los principales miembros de La banda del automóvil gris. Ayer lo visitaron dos individuos, de los que no se tiene registro, que en la plática le ofrecieron unos pastelillos. Más tarde se tendió en su lecho por sentirse malo, sin advertir que cerca había dos frasquitos con veneno para que se piense hoy que se suicidó. Habrá sido un hombre educado, pero dudo que se haya suicidado a la manera de un patricio romano para proteger a su avergonzada y triste familia, así como sus fáusticos correligionarios.

Diciembre 27

Se publica hoy en México que Juan Andrew Almazán fue derrotado en el pueblo de Benítez, cerca de la frontera.

Diciembre 28

Día de los inocentes. Ahora la política internacional se ejerce con telegramas. Muy comentada una caricatura en el *New York Nation* de hoy, donde se ve al Tío Sam sentado sobre un cajón de armas, vestido de militar y con un rifle en la mano. Dirige la vista hacia México y pregunta: "¿Cómo se llamaba aquel muchacho que felicitó desde México al káiser con motivo de su cumpleaños?". Se refiere al telegrama de Carranza a Guillermo II, fechado el 27 de enero de este año. ¿América para los americanos siempre? ¿Ya no podemos ser amigos de los alemanes ni usar los buenos oficios de la familia Scherer? Tan excelente cerveza que envasan en mi tierra los comerciantes venidos de Bremen y que en este país no los quieren.

Hoy trasciende que Francisco Oviedo, el otro reo superviviente de La banda del automóvil gris, preso en la penitenciaría, va a dar sensacionales revelaciones.

La Revolución sigue devorando a sus hijos. Muere el general carrancista, hasta hace poco zapatista, Sidronio Camacho, cazado por los suyos cerca del Tecal, por donde marchaba con doscientos hombres. Camacho antes era de los oficiales más queridos de Eufemio Zapata. Se dice que este, en junio del año pasado, en estado de ebriedad, abofeteó en Cuautla a Florentino Camacho, padre de Sidronio, quien poco después dio al agresor tres balazos, dejándolo sin vida, y luego huyó al campo carrancista. El zapatismo tiene sus crisis internas como las otras corrientes que no terminan de repartirse el poder. La figura fuerte de Eufemio Zapata fue la que tanto asustó a las protervas plumas de este Distrito Federal, ciudad tan deseosa de parecerse a Viena y que no deja de ser Santa Julia.

Diciembre 29

Francisco Oviedo, quien estaba a punto de soltar información privilegiada, fue asesinado en la penitenciaría por el Negro Brown, otro reo enemigo suyo. Trascendió que ayer estuvieron con Brown cuatro sujetos vestidos de militares con quienes conferenció. El negro Brown alega que sus diferencias con Oviedo databan de hace pocos días en que este le destrozó un sombrero y hoy, al pedirle que acabaran sus diferencias, se solventó el conflicto a cuchilladas. En la penitenciaría, dicen, están en capilla el español de Cangas de Tineo, Higinio Granda y José Fernández. Sí, el resto de la banda.

Del *Diario* de Francisco Versolari

1919

Enero 3

Hay otro robo de joyas para empezar el año, pero al parecer no tiene nada que ver con el veloz automóvil gris. El general José Cavazos presentó ante el Ministerio Público de Tacubaya una acusación por el robo de $100,000.00 en joyas extraídas de la residencia de dicho militar, en la calle de General Cano número 199, por el señor Manuel Ávila Camacho, con quien practicaba importantes operaciones comerciales y en quien depositaba sus confianzas. El señor Ávila Camacho es pagador de las fuerzas de seguridad de los Ferrocarriles Nacionales de México y, como el caso se ha hecho público, en la carta que dirige a los periódicos niega indignado el cargo. Afirma que en la fecha en que se cometió el robo no se encontraba en la capital, como lo pueden certificar sus jefes de la compañía Ferrocarriles Nacionales, y que, citado por el juez tercero de la institución policiaca, compareció ante él y no se encontraron méritos para proceder en su contra, por lo que no ha sido molestado en lo mínimo. Mi jefe de redacción me dice que debemos consignar tal cual todos los hechos como este.

Enero 5

Se fuga de la penitenciaría otro de los miembros de La banda del automóvil gris, José Fernández, con el galero Fidel Zambrano.

No ha sido posible aprehenderlos. Hoy el periódico *El Universal* afirma que en la declaración rendida por Francisco Oviedo expresó que el general Juan Mérigo estaba complicado en el tenebroso asunto, y que el general Pablo González conocía los nombres de varios militares a sus órdenes complicados en el proceso... El general Mérigo salió desde ayer a los Estados Unidos, y el licenciado Enrique Cervantes Olivera, juez segundo de instrucción, después de pedir a la Secretaría de Guerra que sea puesto a su disposición, giró un oficio a la de Relaciones para que, por la vía cablegráfica, se ordene su detención antes de que cruce la frontera. ¿Lograrán hacerlo?

Enero 11

Habla el licenciado y coronel José Luis Patiño, antiguo preboste del Cuerpo de Ejército de Oriente, acerca de su intervención en el proceso de La banda del automóvil gris. Dice que hubo dos etapas: la primera, cuando se logró la aprehensión de la mayoría de los culpables y se les instruyó el proceso correspondiente, para después dictarse la sentencia de muerte a diez de ellos, entre los cuales no figuraban Higinio Granda y Francisco Oviedo, reputados como jefes de la agrupación. Mucho después cayeron estos dos últimos que constituyeron la segunda etapa, por lo que resulta pueril suponer que hubo presión para obligar a Oviedo y a Granda a declarar en determinado sentido, porque esto, dentro de la posibilidad de los hechos, podría haber sucedido con los aprehendidos anteriormente, algunos de los cuales estuvieron en capilla y otros perecieron al pie del paredón de la Escuela de Tiro.

—Los primeros diez procesados no formularon ninguna clase de acusación contra el señor general Mérigo —prosiguió el licenciado Patiño—, pero fue llamado a declarar porque en las averiguaciones resaltaron algunas alusiones de su persona, no muy comprometedoras, por cierto. Más adelante, cuando ya el Cuartel General del Cuerpo de Ejército de Oriente estaba en

Cuernavaca, y en su poder el delincuente Granda, este hizo la inculpación al general Mérigo, que consta en el proceso, y que después fue ratificada por Oviedo. Dijeron que la banda contaba con la protección del mencionado general, pero sin estar en comunicación directa con él. Granda y Oviedo agregaron que recibían sus instrucciones por conducto de un miembro de la banda que era amigo de unos y otros, y que las alhajas que le correspondían como participación en los robos se las enviaban por el mismo conducto. Una regla del hampa es que los peones del juego nunca tengan trato y diálogo directo con el jefe de la organización.

»El periodo preconstitucional, con cuyas facultades extraordinarias obrábamos, estaba próximo a expirar. El proceso propiamente había terminado con la ejecución de las sentencias de los anteriores aprehendidos, y solo quedaba abierto para descubrir la parte de responsabilidad que correspondía a Granda y Oviedo. El cuartel general del Cuerpo de Ejército de Oriente no debía continuar la causa, pero por instrucciones expresas del entonces primer jefe, la proseguimos para que llegada la fecha de entregarla al juez instructor, no hubiera laguna ni falla de ninguna especie. De manera que correspondió al citado juez interrogar al señor general Mérigo acerca del porqué mandó a suspender la ejecución de algunos sentenciados a la pena de muerte.

El general aclara que por ahora solo puede decir que obedeció un oficio del general Pablo González, recibido a última hora, y en el cual, con datos tomados del proceso, se le ordenaba a no conmutar la pena, sino únicamente aplazarla. Además, Mérigo niega que hubiera directores intelectuales, ya que, de acuerdo con algunos malhechores, Granda sobresalió entre ellos por su clara inteligencia, su buen porte, su relativa buena educación y por no tener el vicio de la embriaguez; mientras Oviedo se distinguió por su insuperable audacia, su innegable valentía, su iniciativa ilimitada y, a la vez, por su afición al alcohol. Reunidos ambos elementos, equilibradas las dos fuerzas, borradas las diferencias y anulados los defectos, se constituyeron en jefes. Muchos de los complicados ni siquiera se conocían entre sí. En general, puede decirse que el ejército no tuvo ningún representante en la banda.

Calcula que se recuperó el setenta por ciento de las alhajas robadas, pero muchas de las fechorías cometidas entonces se adjudicaron al automóvil gris, cuando sus autores eran otros ladrones. Que hayan muerto trágicamente algunos de los miembros de la banda, lo atribuye el licenciado Patiño a simples coincidencias, comunes en gentes ligadas al crimen. Él jamás recibió anónimos amenazantes ni ha sufrido daños de ninguna clase, a pesar de que en los corrillos oyó que estaba sentenciado a muerte por haber procesado a los ladrones. Terminantemente niega haber sido objeto de insinuaciones de cualquier tipo de parte de sus superiores. Reitera que en el proceso que él instruyó no figuraron órdenes falsas de cateo procedentes del Cuartel General del Cuerpo de Ejército de Oriente, sino solo de la Comandancia Militar y de la Inspección General de Policía, con lo que rectifica lo sostenido por el general Francisco de Paula Mariel hace unos días.

Sobre la forma como fueron recuperadas las alhajas, explica el licenciado Patiño que no está documentado lo suficiente para saberlo. Revela que aún permanecen prófugos otros miembros de la banda, como el Chato Bernabé, el Gurrumino y el Poblano, y que es posible haya otras personas comprometidas. Jamás tuvo conocimiento de que la banda derramase una gota de sangre en sus asaltos y robos. Proporcionó copia de la carta que le confió la esposa de Granda en Cuernavaca para entregarla a su marido, cuando este vino a ocupar celda en la penitenciaría. Entonces se conmovió por la gran ternura de la misiva, en la que se ve solo consuelo y alivio, sin el menor reproche. Ella se llama Ángela Gris y está también procesada.

Más tarde, el licenciado Patiño explica que se suspendió la ejecución de Mercadante, porque aunque pesaban sobre él todas las pruebas, jamás confesó. Estaba convicto, pero no confeso, y el general Pablo González externó sus dudas de si sería inocente, a lo que el licenciado Patiño, la tarde anterior al día de la ejecución, le respondió:

—Mi general: a la luz de la ley, Mercadante es culpable y está convicto, aunque no confesó. Este hombre tiene una gran entereza para negar su responsabilidad aun en los umbrales de la muerte; pero eso no quiere decir que sea inocente. Además, hay la circunstancia de que está probado que no solo perteneció a la segunda Banda del automóvil gris, sino que fue el jefe de la primera, en unión con Higinio Granda y Fernández. Si usted quiere, podemos aplazar la ejecución del reo, no solo para que usted se convenza con los datos actualmente existentes del proceso donde se demuestra que es culpable, sino también para que esperemos que se efectúe la aprehensión de Granda y con su testimonio podamos confundirlo. El general González, acatando ese escrúpulo de conciencia que le había asaltado de ejecutar a un hombre que podría ser inocente, en un impulso que lo honra y lo enaltece —termina el licenciado Patiño— acordó la suspensión del fusilamiento de Mercadante. El de los otros tres hablará luego.

Enero 12

Reanuda hoy sus revelaciones al periodista que lo entrevistó, el antiguo preboste del Cuerpo de Ejército de Oriente, el licenciado José Luis Patiño. Recuerda que puestos el general Pablo González y él en el camino de las reconsideraciones, le platicó que Luis Lara, otro de los sentenciados a muerte por figurar entre los miembros capturados de La banda del automóvil gris, tenía la misma culpabilidad de los demás, pero que había logrado penetrar al fondo de su psicología y había llegado a percatarse de que era un abúlico, sin fisonomía moral particular, que había sido arrastrado por sus malas compañías y había desempeñado un papel secundario. Un amoral de tal naturaleza merecía indulgencia, mucho más cuando en el proceso constaba que anteriormente había observado ejemplar conducta. Convino el general

González en que se aplazara su ejecución, a reserva de definir luego si desde el punto de vista humano Lara merecía la pena de muerte.

José Fernández debió su salvación casi a los mismos motivos que Luis Lara. Había obrado también sin voluntad propia, arrastrado por Ángel Fernández, y conforme a las teorías modernas del derecho penal, lo que se llama "delito de dos" se atribuye casi siempre al individuo que tiene mayor capacidad mental, más refinada psicología de criminal. Se aplazó, asimismo, su ejecución, con la esperanza de poder establecer su grado de culpabilidad desde el punto de vista psicológico.

Los reos estaban ya en capilla y contaban por minutos el tiempo que les quedaba para morir. Bernardo Quintero, uno de ellos, trazaba en un papel un defectuoso plano topográfico, y cuando lo concluyó, dijo al licenciado Patiño que no pretendía que le perdonaran la vida, pues era culpable, pero no quería que la mancha caída sobre él recayera también sobre su familia, y menos sobre su padre intachable. La parte de alhajas y dinero que le correspondió reveló que estaba intacta, dado que no se atrevió a vender ni un arete por temor a que lo descubrieran. Entregó así el plano de sus terrenos de Almoloya, Hidalgo, en el que señaló dónde aguardaba enterrado el fruto de sus rapiñas.

Le pidió que lo mandara a sacar para que más tarde no se creyera que su padre, que allí vivía, era cómplice. El licenciado Patiño se trasladó entonces al cuartel del general Pablo González, en Mixcoac, aparentemente instalado en la casa de la señora Scherer, y le comunicó lo acontecido. Sin tardanza, don Pablo dispuso que se suspendiera la ejecución de Quintero mientras se comprobaba su declaración. Se recuperaron esas alhajas y fueron pasadas a la Tesorería General de la Nación. Terminó el licenciado Patiño negando lo que dice Granda acerca de que no fue careado con sus cómplices. Estos fueron conducidos a Cuernavaca para ello y hasta con peligro de que los zapatistas asaltaran el tren y les dieran libertad.

Enero 15

Manifiesto del presidente Carranza en el que exhorta a los mexicanos a no precipitarse al afiliarse a las candidaturas presidenciales que se comienzan a esbozar.

Enero 17

Circula una traducción del *Cantar de los Cantares* hecha por el licenciado Luis Cabrera, que, si ha improvisado de financiero, no hay razón para que no la haga de literato.

Enero 21

Se publica hoy en la primera plana de *Excélsior* el testamento político del general Otilio Edmundo Montaño, escrito de su puño y letra momentos antes de que lo ejecutaran. Afirma que hasta "el mismo licenciado Díaz Soto y Gama tuvo en sus manos las pruebas que presentó de su inocencia y que se negaron a tomar en consideración, pues los miembros del Consejo de Guerra se manejaron para juzgarlo no como hombres, sino como fieras". Señala "a los señores licenciados Soto y Gama, Manuel Palafox, ingeniero Ángel Barrios y los demás firmantes de la sentencia para que el pueblo los lleve a los tribunales cuando la paz se haga".

Enero 22

Escribe hoy Rafael Pérez Taylor, antes de que lo hagan otros con peores revelaciones, que la danzarina Tórtola Valencia, valenciana plebeya, dice, y de gachupina educación, le cruzó anoche el rostro en plena avenida Madero. Si bien no lo confiesa así, sino diciendo que "sintió que un soplo candente abrasaba sus mejillas" —se escribe "abrazaba", mas no importa—, el hecho es que doña Tórtola Valencia lo agredió "con mirada fosforescente e iracunda" porque Pérez Taylor comentó que los vestidos de ella "semejaban más bien alfombras de cajón de ropa, que paños rutilantes".

Sus procacidades se oían a cuatro cuadras de distancia:

—Yo no me visto con alfombras —gritaba—. Vea, miserable: este género es de terciopelo y me ha costado cuarenta pesos el metro; y esta cibelina, quinientos, y este sombrero, mil, ¡infeliz! ¡Yo soy noble, descendiente de castellanos, de una raza hidalga y caballeresca!

Y arrojó a Pérez Taylor el oprobio peor que encontró, "¡azteco!", ante el público que oía los alaridos de aquella mujer tan bien educada y tan de sangre azul.

Enero 26

Un reportero que escribe "horangután" y otras lindezas, entrevista hoy al general Juan Mérigo, quien acaba de volver de los Estados Unidos y que explica, por principio de cuentas, que no huyó por lo del automóvil gris, sino que su pasaporte es de fecha 27 de diciembre y lo registró en Laredo el 16 del actual.

En diciembre nadie hablaba del automóvil gris. Además, declara que jamás ha hecho "presentes de joyas a artista ninguna" y nunca ha despilfarrado su dinero en aventuras amorosas. El periodista insiste en que el proceso consta que algunos de los subalternos del general Mérigo se vieron implicados en el caso y que, en una vivienda cercana al cuartel de su brigada, se hacía el reparto de las alhajas robadas. El general Mérigo replica que esto lo ignora y que si lo hubiese sabido, habría mandado a fusilar a los responsables. Se extraña de que no se le haya llamado nunca para averiguar lo que hubiera de cierto en la afirmación de Francisco Oviedo e Higinio Granda Fernández, de que él era el jefe de la banda y que, aunque nunca tuvieron entrevistas personales, les daba instrucciones por conducto de algunos oficiales de su brigada y, a través de estos, recibía también las participaciones que le correspondían en los saqueos.

Aclara que tiene numerosos enemigos personales que desean su mal y que, para descubrirlos, necesita identificarlos. Habla de que jamás ha habido fricciones entre él y el general

Pablo González. En cambio, con el licenciado José Luis Patiño, desde Ometusco, cuando avanzaba sobre la ciudad de México en 1915, tuvieron un choque porque el general Mérigo mandó atar a un soldado a las ruedas de un camión. Considera infantil creer que fuera a echar mano de forajidos como Mercadante, Oviedo, Granda y otros criminales, cuando en su brigada había elementos fieles.

Enero 27

Niega el general Pablo González que haya ordenado la expulsión de María Conesa y tener "conocimiento de que usara alhajas de las robadas por La banda del automóvil gris". Recuerda que después de haber ordenado la suspensión de la ejecución de Mercadante para hacer mayores averiguaciones, asistió al Teatro Principal, donde la madre del reo, apoyada por la artista Mimí Derba, imploró perdón por su hijo, a lo que él respondió que de antemano había acordado suspender su fusilamiento. No puede prejuzgar sobre si el general Mérigo es culpable y aclara que no existen desavenencias con él y que solo alguna vez se vio precisado a reprenderlo por faltas netamente de orden militar.

Por su parte, el licenciado Patiño dice que lo de Ometusco no tuvo importancia ni hubo ni ha habido altercado entre los dos. El entrevistado Higinio Granda niega conocer al general Juan Mérigo en la penitencia y cree que este nada podrá decir porque no sabe nada. Agrega que él, Granda, sí dirá cosas sensacionales, y si no las dice ahora es porque teme que lo asesinen, pero que en el caso están inmiscuidas personas de representación y se versan cuantiosos intereses.

Enero 28

Comparece el general Juan Mérigo ante el juez segundo de instrucción, el licenciado Cervantes Olivera, quien advierte que, aunque Oviedo y los demás procesados hicieron graves cargos al mencionado militar en otra época, más tarde se retractaron. El general Mérigo expresa que quisiera tener frente a él a quienes lo acusan para saber por qué lo señalaron a él, que nunca ha cruzado una palabra con ellos y siempre ignoró que lo hubieran mezclado en sus declaraciones.

En el momento oportuno entra Higinio Granda y le preguntan si conoce a Mérigo. Contesta negativamente y en igual forma lo hace Mérigo. Se lee la declaración que Granda hizo en Cuernavaca ante el preboste, licenciado José Luis Patiño, el 2 de septiembre de 1916, cuando dijo que Mérigo tenía autorización de la Comandancia para dejar obrar impunemente a los de la banda. Granda se indigna y exclama que nunca ha dicho semejante cosa y que no reconoce su firma al pie de esas declaraciones. Revela que se le tuvo ciento tres días a pan y agua e incomunicado, y que es posible que haya perdido la cabeza y no haya sabido lo que decía y lo que firmaba. Se le muestra la carta en la que pidió al general Pablo González la conmutación de la pena y prometió hacer revelaciones. Opina que tal vez sea esa su firma y que pueden haber sido el licenciado Patiño o el licenciado Echegaray quienes lo indujeron a firmar.

Salido Granda, se interroga a Mérigo sobre quiénes cree que sean los líderes intelectuales de la banda, y responde que si lo supiera lo diría y que es el general Francisco de Paula Mariel quien más lo ha calumniado en el caso. Careado con Bernardo Quintero, este también niega conocerlo y al leérsele sus declaraciones del 6 de octubre de 1916, en que manifestó que oficiales de Mérigo se adueñaron de numerosas alhajas, expresa que entonces a todo lo que se le preguntaba contestaba que sí por lo mal que se encontraba de la cabeza. Interrogados por los periodistas, los licenciados Patiño y Echegaray negaron que se hubiera tenido incomunicados a los reos. Lo que pasaba era que estaban en Cuernavaca, a corta distancia del campo zapatista, y podían escaparse, por lo cual se tenían con ellos múltiples precauciones.

Enero 29

Carta del licenciado José Luis Patiño al licenciado Enrique Cervantes Olivera, juez segundo de instrucción, en la que refuta la aseveración de Granda Fernández acerca de que cree que las firmas puestas al margen de lo actuado no son suyas, sino de Granda. Afirma el licenciado Patiño con toda energía que Granda, todas y cada una de las veces que rindió declaraciones en su presencia, estampó de puño y letra sus firmas. El licenciado Patiño se muestra dispuesto a hacer llegar todas las pruebas que de él dependan.

Niega el general Francisco de Paula Mariel, en el telegrama remitido de Pachuca, Hidalgo, donde se encuentra, que haya tenido algún disgusto con el general Juan Mérigo y menos por cuestión de faldas. Además, nunca ha tenido nada que ver en las imputaciones hechas al general Mérigo en el asunto del automóvil gris.

Enero 31

Insiste Granda en que no son suyas las firmas al calce de declaraciones que se le atribuían, y que en varias ocasiones se le amenazó en Cuernavaca si no confesaba lo que convenía a los señores instructores del proceso. Promete que a su tiempo dirá otras cosas que todavía están en misterio.

Marzo 1

El general Pablo González entrega personalmente al presidente Carranza una carta abierta que ha circulado sobre todo en el norte del país, calzada con los nombres de los generales Álvaro Obregón, Francisco Murguía, Cesáreo Castro, Jesús Agustín Castro, Plutarco Elías Calles, Benjamín G. Hill y otros, en la cual se pide se obre con la mayor energía contra los miembros del Ejército que aparecen coludidos en el tenebroso asunto del automóvil gris, entre quienes veladamente se mezcla el actual jefe de las operaciones militares en Morelos, obligado, se dice, a dar explicaciones. Acompaña el divisionario neoleonés la carta con un oficio en el que respetuosamente pide que se ordene una investigación para saber si esas firmas son auténticas, y en caso de que lo sean, se disponga que se ratifiquen en forma debida los cargos solapados que se hacen. Por lo pronto, el general Benjamín Hill niega haber firmado, e igual ha hecho el general Cesáreo Castro.

Marzo 8
Se rinde el general Rodolfo Herrero, futuro asesino de Carranza, en Huauchinango, Puebla, precisamente ante el general Francisco Paula Mariel.

(La carta del general Emiliano Zapata)

Marzo 17

La carta del general Emiliano Zapata a don Venustiano Carranza ha sido enviada desde ninguna parte, pero tiene fecha de hoy. Como todo lo que firma, está confeccionada por otros, pues a las primeras de cambio habla de "las reconditeces del alma nacional". No se dirige al presidente de la república que no conoce, ni al político del que desconfía, sino "al mexicano, al hombre de sentimiento y de razón a quien cree conmueven las angustias de las madres, los sufrimientos de los huérfanos, las inquietudes y las congojas de la patria". Hace ver a Carranza que es "el único amo de las filas del constitucionalismo". Sigue hablando de "sofismas" y culpa a Carranza de saqueos de bancos; de imposiciones de papel moneda, para luego desconocer los billetes emitidos; de la agonía de las industrias; de la agricultura y de la minería, mientras la gente humilde y trabajadora está reducida a la miseria "por la insoportable elevación del costo de la vida".

Al desmentir que haya sufragio libre, enumera una serie de lugares comunes para establecer que "en materia electoral, ha imitado con maestría y en muchos casos superado a su antiguo jefe (de Carranza) Porfirio Díaz [...] La soldadesca llamada constitucionalista se ha convertido en el azote de las poblaciones y de las campiñas. Según confesión de los más altos jefes de usted (nada menos que el secretario de Guerra, Jesús Agustín Castro).

Sigue culpando al señor Carranza de haber "orillado a nuestro país a la ruina en lo económico, en lo financiero, en lo político y en el orden internacional". Y trata de demostrarlo. Conmina al señor Carranza a abdicar de "sus poderes dictatoriales" para que deje correr la savia juvenil de las generaciones nuevas, que Zapata no sabe cómo están de corrompidas. "Ella purificará —asegura—, ella dará vigor, ella salvará a la patria", pero que por deber y por honradez, por humanidad y por patriotismo, renuncie. "Solo hace falta —termina— que usted cumpla con un deber de patriota y de hombre, retirándose de lo que usted ha llamado Primera magistratura, en lo que ha sido usted tan nocivo, tan perjudicial, tan funesto para la república". Pero Zapata o Soto o Gama pueden esperar sentados, que Carranza no les hará el menor caso, atribuyendo todo a sus cuistres, que no tienen ningún quehacer.

Marzo 21

Fechándola en Cuecán el día de hoy, dirige el general Emiliano Zapata la siguiente carta al coronel carrancista Jesús María Guajardo, donde se encuentre:

"Muy señor mío: Ha llegado a mi conocimiento, que, por causa que ignoro, ha tenido usted con Pablo González algunas dificultades en las que ha sido usted amenazado, sin tener causa justa. Esto, y la convicción serena y firme que tengo del próximo triunfo de las armas revolucionarias, me alientan para dirigirle la presente, haciéndole formal y franca invitación para que, si en usted hay voluntad suficiente, se una a nuestras tropas, entre las cuales será recibido con las consideraciones merecidas. No creo oportuno, por ahora, ya que usted estará bien informado, hablarle del gran incremento que la Revolución ha alcanzado en todas las regiones del país, y bástele saber a usted que, contra lo que tanto se ha dicho, nuestro movimiento estará perfectamente unificado y persigue un gran fin, el efectivo mejoramiento de la gran familia mexicana. En espera de sus apreciables letras, quedo de usted, atto. y s. s. El general EMILIANO ZAPATA".

De estas dizque dificultades con don Pablo González ha informado a Zapata el general Eusebio Jáuregui, que fue del Estado Mayor del caudillo suriano, hombre de todas sus confianzas y prisionero de los carrancistas en Cuautla, donde hace labor de espía aprovechando las facilidades que deliberadamente se le dan. Fue así como Jáuregui se enteró, al parecer suyo por casualidad, del descontento de Guajardo contra las inconsecuencias del gobierno, disgusto simulado "que el propio Guajardo, puesto de acuerdo con don Pablo, confesó a Jáuregui, a quien añadió que no le extrañe que un día de estos dé 'la maroma' de una vez.

El general Pablo González ha consultado ya el caso con don Venustiano Carranza, disgustado este no por la carta abierta que le dirige Zapata, sino por unos artículos del agente yanqui de penetración, el periodista William Gates, que está publicando una serie de ellos en los Estados Unidos sobre la situación militar y política del país. "Después de haber visitado la zona carrancista —dice William Gates—, la pelaecista, la felixista, la villista y la zapatista, solo en esta última encontré que el ejército que lo componía no era militar preparado y disciplinado exclusivamente para la guerra, sino que era el pueblo en armas el que se sucedía, un grupo tras otro en la pelea, ya que mientras los unos estaban en las trincheras vigilando las veredas y los caminos por donde podía penetrar el enemigo, los otros trabajaban la tierra sin desprenderse de la carabina y de la parquera para, en caso de invasión de sus sementeras, aprestarse a la lucha reforzando las avanzadas que fueren tocadas o sorprendidas por el enemigo. Aquí fue donde encontré la verdadera revolución que hace que los pueblos, en la medida que se les persigue y asesina, se levanten más grandes y pujantes como si el atropello fuera motivo de aliento en lugar de una forma de intimidación... He llegado a la zona carrancista y todo es desorden. A pesar de los sueldos que disfrutan los soldados de este ejército, todo en él es anarquía y exterminio... ¡Pero qué sorpresa al llegar al sur!". Al leer esto Zapata en su campamento, exclamó: "¡Ahora sí puedo morir! ¡Hasta que se nos ha hecho justicia!".

Corrió fuertemente el rumor de que el presidente Carranza estaba receloso de que el general Álvaro Obregón atrajera a Zapata en su próxima campaña presidencial.

Después de las muertes de Zapata y Carranza, el último sobreviviente de los líderes cercano a Emiliano Zapata se alió con los obregonistas en la campaña por la presidencia, y con ese gesto concluyó el estado de guerra en Morelos.

Junio 21

Vemos a Arthur Rubinstein en el teatro Arbeu. Soberbio. Sublime. Supereretéreo.

Llega a México, desde España, Amado Nervo hace quince días. Me entero y no sé cómo buscarlo, hasta que leo en *Excélsior* una entrevista suya que le hace el historiador Ignacio Castillo y le pregunta si es místico. Por poco no la leo porque la nota del día es que la tonadillera española (bueno, en este país cómo les da importancia a las actrices de teatro) Paquita Escribano, novia por siete años del torero Rodolfo Gaona y ahora ex, anda aquí en México. ¿Habrá llegado en el mismo buque de Amado? Recuerdo que en Mazatlán, en *El Correo de la tarde,* una fuente de noticias revisaba la lista de pasajeros que llegaban al puerto y, si no había algún chisme importante o información de ellos, simplemente se publicaba la lista y el rumor brotaba solo.

Taracena, en el Gambrinus, aún ve a Amado como huertista. Dice que mandó una carta ofrendando su vida a Huerta al enterarse del desembarco yanqui en Veracruz. Bueno, me atrevo a decirle que él es diplomático y ese tipo de cartas son parte de sus obligaciones. A él le preocupa más ver la noticia de que cien damas católicas en Guadalajara se acercan al general Dieguez para que libere al arzobispo Orozco y Jiménez y se habla de una manifestación próxima. El gobernador Bouquet hizo un decreto donde por ley solo podrá haber un ministro por templo al servicio de cualquier culto, pero solo con un cura para cada cinco mil habitantes. Un tren militar detuvo al arzobispo hace días y lo tuvieron incomunicado en un furgón.

Aún no podemos detener a las tropas de Félix Díaz que están cerca de la capital y ya andan armando líos en Jalisco. A ver si no empiezan con nuevas guerras de religión. No hay revolución sin contrarrevolución. ¿Qué será de los hijos de esta generación tan agobiada de masacres, trapecismo político y trapacería a todas las alturas y a todo trapo?

De Joel Noriega
para el reportero Shane

Mi finísimo amigo, vaya y haga una nota de color a la calle de Dolores en horario nocturno y entrevísteme al Sapito. ¿Supo usted del *Catacumbas*, el inolvidable cabaret, así como del *Mister Lee*, propiedad del esposo de la *vedette* Lin May? En cualquiera de esos podrá encontrar al Sapito. No, no es un ebrio consuetudinario. Tampoco es un vendedor de drogas de urgencia. Es plomero y se pasa toda la noche y madrugada recorriendo todos esos antros destapando urinarios, excusados y lavabos, así como demás reparaciones de urgencia. En ese giro de negocios los servicios sanitarios deben ser de lo más eficiente.

Pregunte por él, es muy moreno, robusto como la escultura de un atlante de Tula y lleva el pelo al rape; puede mencionarme si gusta, en mis tiempos de bebedor lo miraba seguido. Para que no tenga duda en reconocerlo, le diré que alguna vez, cuando estuvo de moda la película *Frida*, con Salma Hayek, unas gringas creyeron que era Diego Rivera, las dejó en el error porque le pareció descortesía darles la contra y, al día siguiente, se lo llevaron en un Jeep rentado a Teotihuacán y allá se acostó con las tres. Se asemeja más a Alfred Molina que al auténtico jefe Diego.

No tome esta encomienda como un castigo sino como una pista: parece ser que el Sapito es descendiente de uno de los pocos sobrevivientes de La banda del automóvil gris. Y me dice mi informante que su apellido es Preciado. A ver si encuentra su tan soñada conexión con el mundo de Juan Rulfo. Usted necesita irse a la calle, ya sé que es un cliché del periodismo, desde Truman Capote a la plaga gonzo, pero verá que siempre funciona el diálogo con los lugares y sus habitantes.

Les presento al Sapito

Por el reportero Shane

Hace veinticinco años salió de su natal Actopan, en Hidalgo. Su talento es hacer muy bien el pulque, y su superpoder preparar la barbacoa como los meros dioses. La conversación no tiene falla al encender con él la llama.

Vivió cinco años en la Ciudad de México. *"Ahí mero, joven, ahí mero, en la calle de Motolinia 27"*. Por un tiempo vendió billetes de lotería en Ayuntamiento 52, afuera de la XEW:

"Una vez le vendí un billete al Profesor Jirafales y en otra a Juanello, aquel que cantaba 'Espejismo de amor', pero luego le invertí a la merca de globos en la Alameda, luego fui ayudante de cilindrero afuera del bar La Ópera. Usted no sabe, cansa eso de andar cargando el cilindro y el palo grueso que antes se usaba, ahora lo trasladan en un carrito, y así qué chiste. Yo llevaba música por dentro y por fuera, aunque mi rostro me hacer ver muy serio. Soy otomí con cara de cabeza olmeca. En la Merced y la Lagunilla soy un galán de primer nivel y arraso con todas las damas de mi generación que por ahí recalan.

»Muy joven, en una factoría, me lastimé la espalda y por un tiempo trabajé con un cajón de bolero y me fue tan bien que le seguí en eso de darle lustre al calzado. Me iban a ascender en la factoría, donde aprendí el oficio de asistente de plomero industrial, pero por esos días uno de mis amigos se cayó en el crisol y el pobre ahí se fundió en segundos; solo vimos cómo, entre el material al rojo vivo flotante, quedaron unas partículas negras, como impurezas, que fue lo único que restó de él. Pobre manito, casi se vaporizó al tocar la superficie. Los ingenieros tuvieron a bien avisar a la familia que esa placa de metal no se iba a comercializar por respeto al obrero caído en su desempeño; me consta, porque años después, cuando la factoría se desmanteló, vi esa placa puesta de pie en un muro del fondo, ahí olvidada. Cumplieron su palabra los maestres.

»Con eso confirmé que no somos nada en este mundo. La señal de que iba a matarme algún día como mi amigo e irme sin dejar huella me hizo pedir mi cambio y ahí me dediqué a la plomería, de ayudante. No fui plomero profesional porque solo reparaba fugas, pero ese trabajo me sirvió para mis últimos días en mi etapa cabaretera. Aquí donde me ve, la ciudad no me gustó, y los aires pachuqueños, pos me echaron para acá. Lo bueno es que conocí a un viejo muy sabio que me educó, me enseñó el secreto de la boleada y a reparar tapitas de tacones de señoritas. Me daba consejos y frases sabias, él era joven cuando estaba de moda Bruce Lee y sabía Kung Fu y me enseñó *el toque de la muerte* para matar de urgencia a un abusivo, dándole un golpe seco, rápido como una cobra. Otro día me reveló una fórmula para hacer sabrosas nieves de garrafa con sal y una manivela en un bote. Cierta vez que me quería vengar del Barbas, un compañero que me piñó unas tintas, me dijo *no hagas a otros los que no quieras que te hagan a ti*, qué sabio el hombre, ¿no? En otra ocasión que me porté grosero con una jovencita me dijo *trata a una dama como a una puta y a una puta como una dama*. El viejo se las sabía de todas. Cuando murió, entre todos le compramos su estuche para el panteón y mejor cambié de rumbos, me daba tristeza, así que me devolví a reencontrarme con mi familia, los Preciado, que no me querían, según yo, pero es que yo andaba en la juventud y uno no se aguanta. Una trabajadora social del penal de Santa Martha me dijo que ese viejo sabio había sido 'mi figura paterna'. Bueno, pues no está mal.

»Antes me iba requetebien dándole lustre a los zapatos en un parque donde trabajaba frente a unas oficinas de gobierno. Ahí sacaba mi buena firula, me daba el lujo de llevar a mi gatúbela de turno al salón de baile, a tomar un helado de limón con Coca-Cola y comer pastes en la esquina del reloj, con un refresco Titán de tamarindo. Un tranvía pasaba por Álvaro Obregón y hasta hace unos años todavía quedaban huellas de los rieles.

» Con mi cajón de lustrabotas me fui un tiempo a Pachuca, extrañaba a mi gente. Hasta iba al Abanico, ahí en la zona. Le explico: hace muchos años existió en esa ciudad una 'zona de tolerancia' y el mejor cabaret se llamaba el Abanico, donde solíamos ir cada fin de semana a movilizar el mocasín y sacarle color al piso. ¡Qué tiempos, señor! La vida cambia, y ahí está la fregadera, ya nadie se arregla como antes. Logré ubicarme frente a unas oficinas de gobierno, en ese tiempo no se pagaba cuota y los burócratas eran mis clientes, muchas de las personas venían a tratar asuntos, pero primero pasaban a que les diera bola para lucir presentables, ahí estaba 'la pachocha'. Se creía que el olor del zapato recién boleado daba un perfume de poder, era muy rico el olor de la crema del Oso Blanco. Después llegaron los zapatos de hule y mermó la ganancia, luego los de lona o el mocasín de gamuza, pos más pa abajo la lana, y se perdió la moda, el cariño, el romanticismo, todo el estilacho. Lo catrín, nomás en la carta de la lotería. Y subí de nivel: dejé de ser chalán de los ingenieros para volverme amigo de los licenciados.

» En esa época, antes de ir con la novia, los hombres pasaban a darse bola, se peinaban, se envaselinaban, llegaban 'echando tiros', todos eran unos tigres para el mambo, ahí nomás; ahora van bien chachalacos como Querétaro las pirinolas. Todo ese cambio de la sociedad pasó a fregarnos, bajó mucho pero mucho la ganancia, ahora puro tenis, llegan con la novia, sin agujetas, con el pantalón a media nalga y como leones, oliendo a chiquero y sin peinarse, ¿no, joven?, ¿no cree usted? Nosotros íbamos a los bailes, a las que era de jalón pues nos las culiábamos y a la noviecita santa

217

la llevábamos de vuelta a su casa y hasta un café nos invitaban los futuros suegros. Hoy están todos lelos, con el teléfono en la mesa, con ojos a la nada, drogados, viendo mensajes, riéndose como pendejos, ni siquiera yo creo que le tocan de broma la chichi a la novia y apuesto que platican de qué crema usan o qué enjuague es mejor para alisar los cabellos o levantar los rulos.

»Como yo era uno de los más viejos del negocio, me quisieron pasar para el centro, pero no quise, ahí hay más gente, pero también más competencia, ahí nomás es estarse peleando con el prójimo, con los compañeros, y pos eso no deja nada bueno, preferí quedarme aquí y ahí vamos tirando. Aquí se ven muchas cosas: el otro día vino un señor ya grande, como de 80 años, y traía una muchacha como de veinticinco años, la verdad muy chula, que uno dice *pos esta qué le ve, pos le ve la lana o lo vio orinar,* y ahí estaba de cariñosa, mientras yo atendía al señor, que se veía que sí era de dinero. También he visto changos así todos feos que *train* su buen carro y se bajan a que los bolié, que luego luego uno dice 'pos este a qué se dedicará'. No faltan los fregados como yo, que preguntan por una dirección, una calle, hasta por una persona, ahí me dicen: *oiga ¿no sabe dónde vive Juanita, la de Molango?.* Y pos vaya uste a saber, pero es pobre gente que viene de la sierra, así a la buena de Dios, sin saber ni traer con qué vivir, solo la esperanza de dar con algún pariente.

Un día conocí a la Santa, una muchacha de ese tipo que recién llegó del rancho, toda perdida, estaba ahí en esa banca sentada. Yo la veía de reojo, ella me veía de lado, así estuvo todo el día, a leguas se veía que era recién llegada del campo, no nos hablamos, pardeó la tarde y yo tomé mis sagradas herramientas de trabajo y caminé pa la casa. Pa mi sorpresa, al otro día que llegué a mi espacio laboral, ahí estaba la muchacha, igual sentada en la banca, con cara de desorientada. Ese día me habló, me dijo que se vino de su pueblo a buscar trabajo, así nomás, a lo valiente, sin conocer nada, 'ah qué muchacha', le dije yo y pos a seguir trabajando, me olvidé un poco de ella, vi que habló con algunas personas, quizá pidiendo trabajo, y en la tarde se despidió de mí, dijo buenas tardes y se perdió. Unos días después la criadita de esa casa [el Sapito señala un portal negro] me contó que a la muchacha le habían dado la dirección de un hotelito barato donde podía vivir unos días, y vaya uste a creer que esos 'unos días' se convirtieron en unos años porque la mandaron a un hotelito de paso y ella, pos no pasó, alguien le enseñó el modo de ganarse ahí la vida y se quedó. Las criaditas dijeron que estaba perdida y era una perdida. Me acordé de cuando llegó y pensé, sí está perdida, pero al menos come y come bien, no está lejos, y luego me traía sus zapatillas a bolear, hasta que un día no se supo más de ella, hubo rumores de que le fue muy bien, era linda la chamaca y muy buena gente. La Santa.

Así que un día me topé a la Santis, ya bien acomodada, carrocería remodelada con su diente de oro, y me dijo: 'mi marido tiene un lugarcito donde seguido se tapan los urinarios y los meseros ya no quieren hacer esa misión, sobre todo en la madrugada, que son las horas más jacarandosas del sitio. Vente a trabajar y los lugares vecinos te van a pedir servicios, toda la calle de Dolores tiene sitios de rompe y que te rasga para que ahí en un solo trozo de pavimento te ganes honradamente el sustento. Evoluciona, mi buen'.

»Y sí, ahora comencé a cargar un cajón de herramientas, pero a veces con solo meter una guía de alambrón se resolvía el problema de los drenajes tapados. En ese tiempo no había 'el hombre de los baños', ese criado silencioso de todo antro que se la vive en los urinarios, y sin querer, cumplía esa función. Cuando en los años ochenta fue común ese oficio servil de estar ahí sentado, ofreciéndole el papel al cliente que se lavaba las manos, con una caja de chicles, mentas, perfume y brillantina, me negué a hacerlo. Yo andaba en los baños cumpliendo un oficio de hombres, un empleo especializado, no un criado lambiscón que hasta saca un cepillo para quitarle motas de polvo o caspa al tipo que se mira en el espejo con aire triunfal, luego de dejar sus miserias y olores en ese cuarto donde se vuelven vapores nuestros pecados, y así sensibilizarlo para la propina. Entonces no se confundía la pulquería con la peluquería.

»Así como me ve bien capitalino, formado a lo chilango y con cuerpo y silueta que revelan cuatrocientos años de resistencia genética, tengo sangre norteña. Soy un cuarto sinaloense. Cuarterón, dijeran los del virreinato. Uno de mis abuelos era un mazatleco alto que fue periodista como usted y anduvo un tiempo con La famosa banda del automóvil gris. Él tuvo una relación con mi abuela, Trinidad Preciado, pero no me reconoció porque se fue huyendo a España al caerse el teatro de Pablo González, que era uno de sus operadores. Me sé rebien esa historia, mi familia la cuenta seguido como la única gran saga que hemos tenido. No me apellido Preciado por ser descendiente del Juan Preciado que anduvo con El automóvil gris. Soy así porque mi padre era un cacique cultural de la revolución que me dejó bailando, aquí entre los picaderos, los urinarios públicos, las imprentas clandestinas de documentos falsos, pero también entre mi gente brava, la raza de bronce de este rumbo que ha engendrado boxeadores, futbolistas, cantantes de todos los géneros y no pocos hombres de respeto, que bien que controlan todo lo que se mueve aquí, desde la calle de López hasta la propia central de abastos de Iztapa-lacra. ¿Le gusta o le sirve la historia? No, no soy hijo de Juan Preciado, aunque todos seamos hijos de Pedro Páramo. Somos los nietos de Santa y de Hipólito. No me da vergüenza ser y reconocer que soy un perfecto hijo de la chingada. Me parieron en el suelo y, a mucha honra, la calle y la noche son mis hogares, mi patrimonio y mis providencias.

»¿Y usted sí sabe de dónde viene y para dónde va? ¿O simplemente nada más va a donde lo deja la marea? Yo, a donde quiera que voy, llevo mi herencia porque yo soy mi casa, como decía mi amiga Pita Amor, esa pobre poeta trastornada por la muerte de un hijo que de repente se aparecía; ambos vagábamos juntos recogiendo gatos callejeros hasta que una noche me agarró a bastonazos cuando supo que, en realidad, me los llevaba a los circos en vez del albergue de la sociedad protectora de animales, donde a ella la querían tanto. Yo pensaba que los circos compraban gatos porque se los comían los maromeros para mantenerse ágiles, pero es el alimento de las fieras. En esta ciudad, el pez chico jamás se come a la bestia madre. Aquí nos toca vivir, como dice la señora de la tele. ¿Usted viene de Sinaloa? ¿No será pariente de un licenciado que se apellidaba Versolari? Es que él fue quien nos dejó a todos aquí, a vivir en la calle y de la calle. ¿Cómo la ve?".

Llego a casa y reviso los papeles para ver qué hizo mi bisabuelo mientras, si era él, dejaba en la calle a quien podría ser abuelo del Sapito. Descubro dos fragmentos contradictorios. Uno puede ser de su novela y el otro de sus memorias. Ya las confundo, ya no las diferencio. ¿No le pasaría lo mismo a él en el tiempo de escribirlas? No lo dudo, incluso esto quizás le pasó en la vida real, más allá del texto.

Primer escrito

Yo hui en definitiva hasta 1919, muerto ya Amado Nervo en Montevideo. La noticia me consternó junto a la certeza incómoda de que alguien cercano a mí, incluso menor en jerarquía en su tiempo, partiera y llegara bastante más lejos que yo como escritor y hombre de provecho. Mi vida, por veinticinco años, seguía reducida a tres calles. Y quién lo viera tan atildado a Nervo en 189... cuando apareció en el mismo diario que yo, recién fugitivo del seminario de Jacona, aún con gestos de seminarista cortés y con sus levitas polvosas de otro clima más siniestro que nuestro sol.

Segundo escrito

Me fui becado por el gobierno triunfante de la Revolución mexicana —ya no sé cuál— rumbo a París para estudiar arte y hacer lo posible para crear lazos de entendimiento educativo. La educación de nuestros niños lleva demasiado tiempo en manos de los curas y sus abuelas beatas, sin que eso sea garantía de paz social y entendimiento. Viví en el número 23 de la Tombe Issoire, cerca del barrio Latino, la universidad, el Sena y Notre Dame, con sus brazos alzados en alto. Dos años bajaba por esa escalera y, al ver tantos acuarelistas plantados a la orilla del río, renació mi gusto por el dibujo y los colores, dejando de escribir y de buscar libros con el afán de antes. Recordé a José Juan Tablada, que pasaba del verso al pincel como quien se cambia el lazo del cuello de la camisa al llegar la tarde y salir a una velada. Aún recuerdo su acuarela del faro de Mazatlán en la casa de la familia Patrón Careaga.

Me mudé cuando mi dinero escaseó al rumbo de Clichy y desde esa pensión se veía la blanca iglesia del Sagrado Corazón en lo alto de la colina de Montmartre, como una aparición única en esa ciudad tan plana, geométrica y ordenada como la cara Lutecia de fachadas grises y elegantes, donde ninguna desentona en proporción y tonos. Mi misión académica se cumplió con eficientes gestores de la embajada, mejor relacionados que yo, quienes avanzaron previo a mi llegada temiendo un ministro que los denunciase y luego descubrieron amables mi utilidad y disposición como ayudante en tantas traducciones pendientes, por lo que así justifiqué mi estancia. De escritores y pintores, no conocí a nadie. Un país y sus masacres me pesaba en la cabeza.

La Margarita de Goethe

¿En qué momento se volvió Pablo González tan pillo? Es cierto que a veces al asumir un cargo público es necesario pactar con el mal y transigir con los otros poderes previos, porque si no te vienes abajo; pero en él hay un engolosinamiento que no se había visto antes ni después de esa década sacudida e imprevisible. ¿Qué no era un revolucionario de los precursores, de los impulsados por el deseo de un cambio y, aparte, familiar cercano de un militar tan íntegro como Antonio Villarreal? Otra cosa sería nuestra historia si Villarreal hubiese aceptado ser presidente, en vez de esa figura vacilante que fue Eulalio Gutiérrez.

¿Realmente fue un pillo Pablo González?, ¿tuvo que obedecer órdenes de Carranza no escritas de "mirar para otro lado" como aconteció largas veces en el futuro de la política nacional?, ¿o él mismo no pudo detener esa marea de oportunidades que siempre azota y azolva a los políticos en el poder? Años después Mussolini declaró que para gobernar un país él prefería usar a un corrupto que a un hombre decente porque el corrupto hará el trabajo bien y siempre se le podrá extorsionar.

Así como Bernardo Reyes y Carranza, González provenía del mismo universo, pero de otro extremo de la estructura social. Nacido en Lampazos, Nuevo León, era un huérfano educado por sus hermanos mayores ya acomodados y su principal trabajo fue de administrador del molino del Carmen del que se volvió dueño al casarse con la hija de su patrón. No es de los pocos revolucionarios que provenían de trabajar de administradores y luego se encumbrarían como Obregón y Elías Calles. ¿De qué forma el aprendizaje con sus antiguos amos les proporcionó las herramientas para detentar y ejercer luego el poder?

Pablo González se abalanzó a la Revolución en 1911 con sesenta hombres, todos trabajadores del molino; perdería la mayoría de sus batallas hasta unirse a Carranza. "El general sin victoria" aun así logró triunfos con su constante retirada que atrajo cuerpos del ejército federal, desgastándolo, mientras Villa, Zapata y Obregón hacían lo suyo para destronar a Victoriano Huerta. Era como un George Washington que, de derrota en derrota y de retirada en retirada, frustraba a su enemigo. Su gran momento fue cuando la ciudad de México fue toda suya en 1915, pero él no se sintió en la cima de su poder: codiciaba más y más.

Villa tenía el control de la frontera con los Estados Unidos, algo providencial en un país sin fábricas de armas.

Balance personal, reporteril, de mis charlas con el Sapito

1. Conoce de forma muy general y correcta la mayoría de los detalles históricos de La banda del automóvil gris.

2. No es alguien con acceso a internet ni ha tenido lecturas formativas universitarias. ¿Dónde y cómo pescó, asimiló y asumió tan vasto acervo, que parece obtenido de los documentos del Archivo General de la Nación y el otro en pulquerías olorosas a xastle y desinfectante?

    Se ve que ha leído poco y que es disperso. Su cultura general es la de un ciudadano mexicano promedio radicado en el Distrito Federal de los años ochenta en pleno inicio del milenio. Hoy, en un tiempo de tantos olvidos y una juventud *millennial* desatendida, es sano charlar con alguien que ubique perfectamente la vida y las anécdotas de figuras como Agustín Lara o Sarita Montiel; David Alfaro Siqueiros o Emilio "el Indio" Fernández. Se confiesa haber sido lector asiduo en la época dorada de las revistas, especialmente de *Selecciones* del *Reader's Digest* cuando tenía una mejor variedad de artículos. "Ahora ponen puras recetas de cocina, artículos de enfermedades y nuevos medicamentos; a mí me encantaban lo mismo sus chistes, la sección de 'Enriquezca su vocabulario' y los libros condensados que me leía enteros. Una sección que desapareció hace mucho de donde aprendía cosas de la vida era 'Mi personaje inolvidable'. Ahí leí la vida de Winston Churchill y Madame Curie".

3. A pesar de mi desconfianza, debo reconocer que en la Ciudad de México siempre han existido eruditos populares como él, doctos en

un solo tema, que por lo visto han digerido por años y desmenuzado o se han enriquecido en largas horas de tertulia de café o cantina, y con cierta base de lecturas a su alcance, ajenos a verificaciones documentales de sus trascendidos. Existen personas de oficios sencillos o burócratas resignados que, de una sola sentada, se revelan como autoridades en figuras del toreo, deportes y negociaciones internas, altos rumores de política nacional o biografías de cantantes populares y que logran atraer la atención y colaboración de sus oyentes.

A muchos, les ayuda que los entes célebres son conocidos en toda la ciudad, y se convierten en una referencia, una conversación. Uno puede sentarse a hablar de melodías como "Sabor a mí" y de súbito un vecino de mesa no solo es conocedor de la vida y obra del compositor Álvaro Carrillo, sino que fue vecino de algún guitarrista del trío Los Panchos, llevó en su taxi a Juan Gabriel en los setenta cuando fue a cenar con ellos y, por añadidura, hablaron del tema o fueron asiduos a la cantina donde oficiaba el autor de la melodía, Álvaro Carrillo, cuando fue estudiante de agronomía. "Él iba mucho aquí a La Ametralladora, un lugarcito cerca la fuente de Salto del Agua y se sentaba en la barra. Ya estaba gordito y era muy amigo de Chucho Lechuzo, el cantinero al que le faltaba un brazo, y una vez pasó la noche con él, cuidándolo en la Cruz Roja, cuando tuvo un accidente donde una mala mujer le tiró un botellazo en la cara".

4. La fuente documental del Sapito parece ser el libro de Juan Mérigo. Lo tiene físicamente y lo atesora. Lo consiguió años atrás en una librería de usados en la calle Donceles, donde fue contratado para mover unas cajas y libreros. El dueño se lo obsequió al percatarse de su interés en la historia. "Un libro no se le niega al lector que lo necesita".

5. La edad física no da para que sea nieto de Juan Preciado, pero aquí, en esta gran ciudad, uno se encuentra gente que aparenta ser de otra época. Hasta en sus vestuarios.

¿Esta desventurada gente de dónde conseguirá toda esta ropa de los años setenta o cincuenta, que jamás se mira en provincia y luce a diario como salida de una película *vintage*? ¿Aún la siguen produciendo en fábricas de confección, atascadas en el tiempo, donde la moda es una tempestad pasajera que no debe alterar sus estándares de producción? Una vez, Sapito apareció ante mí con una camisa blanca, con pequeños cuadros magenta y verde oscuro entrelazados, a la usanza de mis tíos en mi infancia cuando deseaban verse elegantes. ¿Son gente atrapada en un agujero del tiempo? ¿A este sector de la ciudad no le afecta el paso de la era atómica a la cibernitización, a la zombiósis de todos los caminantes con vista adherida a un teléfono móvil, sumisos a lo que les ordena qué cosa innecesaria comprar? Deben vivir estos sobrevivientes en una felicidad clandestina, un mundo perdido en reductos de sombra, mohosas fincas que fueron conventos, divididas en cuartos con decenas de escaleras y balcones, donde se oye la radio con algarabía, mambo o la Sonora Santanera, siempre en ese bullicio de la gente que llevaba con fe y humor su pobreza, pobreza por lo mismo ajena a los algoritmos invasores del capitalismo triunfante.

Qué personaje el Sapito. ¿De dónde provendrá esta fuerza narrativa, robustecida con detalles y referencias cruzadas, que dan a mi nuevo amigo esa certeza desarmante al tocar sus temas? Hoy todos somos autómatas iluminados en un mundo de ficción y fricción mercadóloga. Vivimos los tiempos del efecto Mandela, tiempos donde la gente confunde su vida real con las fantasías de otros o las mitologías del cine y la televisión. Decenas de anglosajones juran haberse enterado de la muerte de Nelson Mandela por la televisión en los 90… Cuando lo que vieron fue la muerte de Bopha, en una película que pasaban mucho en la televisión por cable en ese periodo. Pero Sapito sí sabe exactamente qué día fusilaron a la banda del Lancia Torpedo.

Los estímulos externos hacen que la generación sitiada por tanta información sin verificar o idealizada reinvente todo. Los nuevos profetas del desastre afirman que es una falla en la Matrix y los viajeros en el tiempo han ido al pasado a evitar la muerte de Mandela en la cárcel, y por eso algunos conservan la doble información. Todos juran haber visto en vivo al tanque de guerra atropellar al estudiante en Tiananmén, en realidad solo se puso firme ante él y el suceso ocurrió en una avenida, a doscientos metros de la plaza, un día después del inicio de la represión.

¿Mi querido Sapito será un longevo o alguien que de tanto apasionarse con una historia la interiorizó al grado de no ver la diferencia? Hay personas sin vida real que se apropian de un universo prestado para no sentirse tan miserables. Lo que Sapito hace es tallar con una franela los zapatos de un cliente que no debe olvidarse de que no solo recibe un buen servicio, sino que, por añadidura, pasa un rato agradable en la monotonía de la ciudad, que muy despacio destruye y constriñe con su abatimiento. Para el hombre moderno, esos instantes fugaces de paz ameritan recompensa; no será el primer villano en creerse el héroe de su propia historia.

Mi ciudad

Y, como si su magma intenso e interior desease revelarse y desvelarse, la gran ciudad abrió una nueva faceta, una grieta de la que surgían sus vapores más refulgentes —como exhalación volcánica o surtidor de sus aguas internas— del pantanoso reposo del fuego líquido bajo el adoquín virreinal o el hormigón armado de los gobiernos revolucionarios. Nuevos grupos criminales rompieron las reglas de la guerra florida de baja intensidad. Una camioneta gris fue señalada como una recurrente aparición en actos delictivos. La noticia despegó con la declaración de una chica rescatada de un secuestro, que solo recordaba haber sido sometida en una camioneta gris, larga, de caja amplia descubierta, en la cual recorrió largas avenidas que antes fueron avenidas de agua y que en temporada de lluvias resucitan aún su lacustre nacimiento.

Sorprende la irrupción de esa camioneta gris porque la Ciudad de México no es apta para ese tipo de vehículos, ni para el día a día o la delincuencia. Aun para mover productos, es mejor la caja cerrada, porque aquí llueve más que en el norte, territorio que señorean las camionetas o "trokas" en símbolo de poder rodante. La gran Tenochtitlan fue de origen un lugar de rincones reducidos por su condición de isla en medio del resplandeciente lago de Texcoco, adornado de garzas y la nieve de sus volcanes. Geométricos pasadizos, recovecos de altos muros de roca ígnea con mampostería de pirámide, muros ciegos donde el altar a Tezcatlipoca vigilaba con sus ojos de turquesa y obsidiana, a la par del sol en espera de un corazón ardiente.

Los espacios amplios de esta ciudad eran las calzadas que comunicaban la tierra firme por donde avanzaban poteadores con los tributos del imperio mexica y el pescado de Moctezuma. Plazas como el mercado de Tlatelolco o el Templo Mayor eran los rincones donde bullía la población y donde, con el asedio de los españoles, anidaría la viruela. La devastación volvería ese mundo un paisaje lunar, calcinado por el salitre y los escombros que los artesanos de España y sus aprendices nahuas volverían a realzar en ermitas y acueductos. Al volverse capital de la Nueva España, aunque se abrirían avenidas para el paso de los carruajes, la gran Tenochtitlán siguió manteniendo ese aire constreñido, de celadas y laberintos, algo que daría bienvenida a su futura vocación de conventos y palacios con su infaltable patio y su fuente al centro; las futuras vecindades donde la gente hablaría el español con la cadencia verbal de los caballeros águilas descendidos. Seguiría ese casco antiguo dominando las caminatas y tránsitos locales, solo herido a fuego electrizante por la malla de los tranvías, hasta que en 1980 el regente Carlos Hank (Gengis Hank) propondría un sistema de ejes viales para desfogar las avenidas, y la metrópolis se volvería a la medida de Ford y el tren subterráneo como su descenso cotidiano al inframundo. Adiós grandes alamedas y barrios con su santo propio y su cultura de pueblo interiorizada en sus caminantes y procesiones.

Gasolina, ráfaga y caucho en rotación. La ciudad se volvió el reino de los autos compactos, y parte de la vida de sus habitantes de clase media se trató de poseer alguna vez un Volkswagen escarabajo, o de laborar como raudo taxista trepado en uno. El éxito se medía en llegar a tener ese vehículo o ascender a otro modelo. Pero a diferencia del norte de espacios abiertos, las grandes camionetas no fueron en la metrópoli demostración de poder por su dificultad para circular: tan solo intentar estacionarse basta como ejemplo para rechazar aquella idea. No, esos desplantes de automotriz y carrocería extralarga no iban de acuerdo con el espíritu del altiplano. Incluso, cuando las ampulosas Hummer aparecieron en el siglo XXI y cuando una tienda comercial las usó pintadas de rosa intenso para una promoción de ropa femenina, la población de clase media las rechazó por aludir vehículos bélicos en plena segunda guerra del Golfo Pérsico.

No, en la capital fueron dos temblores y una formación universitaria los que templaron a los nuevos habitantes. Era una sociedad madura que aprendía a crecer en un suelo que se estremecía por estar, lo decía su significado, bajo el ombligo de la luna. El nombre de la banda que también hizo tambalear la inseguridad de aquella sociedad despierta cierto respeto porque invoca a un viejo corrido de Los Tigres del Norte.

> Una camioneta gris
> Con placas de California
> La traían bien arreglada
> Pedro Márquez y su novia
> Muchos dólares llevaban
> Para cambiarlos por droga
> Traía llantas de carrera
> Con los rines bien cromados
> Motor grande y arreglado
> Pedro se sentía seguro
> No hay federal de caminos
> Que me alcance te lo juro.

Y la melodía no trata de grandes capos asesinados o épicas luchas por el poder. Simplemente es la historia de una pareja que se mete al narcotráfico como aventura económica de ocasión. La realidad de hoy. Hágalo usted mismo.

> Su destino era Acapulco
> Así lo tenían planeando
> Disfrutar luna de miel
> Y el regreso aprovecharlo
> Con cien kilos de la fina
> Que en la gris habían clavado

Uno de los primeros corridos de trasiego de droga que ocurría en parte en el sur del país. Pero la trama se resuelve en el estado madre.

De regreso en Sinaloa
Pedro le decía a la Inés
Viendo que alguien nos sigue
Ya sabes lo que hay que hacer
Saca pues tu metralleta
Y hazlos desaparecer
En Sonora los rodearon
Diez carros de federales
Le dice la Inés a Pedro
No permitas nos atrapen
Vuela por encima de ellos
No es la primera vez que lo haces
Por bocinas les gritaban
Helicópteros alerta
Los tenemos bien rodeados
Es mejor que se detengan
De pronto un tren que cruzaba
Acabó con la pareja.

Así acaba de súbito el corrido de "La camioneta gris". La letra al final parece forzada, pero al escucharla con la entonación correcta no se nota. El final no es bueno para la pareja de aventureros. Sospecho que este corrido despertó más vocaciones por correr el riesgo de mover droga que la propia Reina del sur y demás industrias hoy exitosas de la poderosa cultura del narcotráfico. El "Art Narcó". El narco y la lira. Por la noche encuentro la película basada en ese corrido, *La camioneta gris*, de José Luis Urquieta (1989). Con la escena inicial es suficiente: un narco llamado Francesco Coppola llega a Culiacán entre semana y el jefe de la policía, interpretado por el actor Mario Almada, sospecha. "¿A qué viene a Culiacán alguien entre semana? Aquí no es lugar para tomar vacaciones". Si, es suficiente con eso.

Ya son tres noches y mi informante histórico, el Sapito, alias Pepe Preciado, no ha aparecido. La situación es de alarma. No cualquier plomero conoce las tuberías y los caños de la calle de Dolores con la maestría de un viejo proctólogo que atiende callado a un próspero paciente, sin curarlo jamás del todo.

Un amable policía de puerta, que de joven trabajó en una dispensadora de agua potable y que asumió en su ausencia el cargo del Sapito, no pudo destrabar una salida obstruida, por más vueltas que le dio a un grueso alambrón que el sagaz plomero había dejado oculto en un sitio estratégico de ese mismo baño para realizar esa función llegada la emergencia. Le faltaban el oficio y pericia del maestro.

Mire, aquí en esta puertecita junto a donde guardamos las escobas y traperadores, Sapito deja este alambre y este gancho largo, lo hace para no andar por toda la calle con un trozo de alambre grueso todo apestoso y oxidado. Intentaron destapar, pero como que no nomás es tener las herramientas, sino que hay maña a la hora de utilizarlas.

Eso me dijo doña Eréndira, una señora que está en la entrada de los privados de las muchachas como cancerbera y vigilante. Vivió quince años en su pueblo de Michoacán y otros cincuenta en este cabaret cambiando de oficio según sus años y la distribución interna del trabajo. Es cómplice del Sapito y quien suele ir a buscarlo de antro en antro al urgir sus servicios de baños repentinamente cegados. Ah, también realizaba reparaciones eléctricas menores y algo sabía de refrigeración y mantenimiento de equipos de sonido.

Él nunca falla: su vida es esta calle y esta gente, no sabría vivir lejos de la sinvergüenzada. Cuando aquí había mujeres que mesereaban y por necesidad se vendían para el placer de los hombres, discretas y a sus horas, nunca entendí por qué algunas, a pesar de agarrar un buen partido, por ejemplo, un cliente enamorado de ellas y con buenos sentimientos, a las pocas semanas de tener casa propia y una nueva vida seguían viniendo a la menor ocasión para acá de visita, a estarse horas y horas, conviviendo con la gentuza, en vez de aprovechar la oportunidad que la vida les dio. ¿A qué fregados vienen otra vez a este muladar? ¿A saludar a las amigas y quejarse del marido que tuvo que ir a ver a su mamá enferma en Ixtlahuaca y ellas aprovecharon el primer momento para salirse a la calle? Si yo hubiese tenido una suerte de esas, jamás vuelvo a pararme por esta pocilga. Pero hay gente que no conoce otro ambiente como este. Si el Sapito se sacara la lotería, apuesto que seguiría aquí todas las noches destapando excusados y urinarios… Claro que antes repartiría entre sus amigos con necesidad, se iría a Acapulco unos tres meses y volvería, sin un cinco, a esta misma vida que solo nosotros sabemos vivir.

»¿Puedo ser más franca? Noto que usted quiere bien al Sapito y se ha venido a buscarlo, dando la cara, así que debo decirle toda la verdad. Sí, él no tiene familia. Por una de esas cosas inexplicables de la vida, sus parientes Preciado murieron y él quedó huérfano muy joven. Ha estado solo en el mundo desde entonces. Era nieto de un señor de Sinaloa que estuvo aquí en la Revolución y llegó muy alto en el PRI y no los reconoció, por eso él y su familia llevaron siempre el apellido materno: Preciado. Hace unos meses al Sapito le fue mal porque tuvo que ayudar con una enfermedad a uno de sus amigos más queridos y se puso a hacer lo que jamás había hecho: vender droga en los baños. Como él nunca se ha dedicado a eso, no despertó sospecha y se confió porque también tenía amigos en la Unión Tepito, la Familia Michoacana y todos esos grupos, pero no quiso molestarlos porque pensaba 'tirar cocaína' de manera temporal, y por eso se asoció con unos sinaloenses que llegaron y se mueven en esa famosa camioneta gris. El Sapito les vendió muy bien una temporada y al salir del bache les dijo: 'saben qué, señores, muchas gracias, pero ya no me gustó este asunto de la caspa del diablo, no sirvo para vender y me hago bolas con el dinero, mejor me quedo con mis trabajos manuales'. Y pues le salieron con que no, 'no señor, esto se acaba cuando se acaba, nosotros decidimos'. A lo mejor un día lo levantaron y solo quedó su caja de herramientas a un lado de la nueva mezcalería fifí que acaban de abrir. Si sabe algo, dígale que aquí se la guardamos, que sus amigos y padrinos están esperando para moverse para donde él se los diga nomás les haga la seña. Lo queremos mucho.

—Mire, nuestra labor como periodistas es informar y ser imparciales a toda costa. No debemos intervenir en el trabajo de otros porque eso ya es tomar partido. A mí también me molesta la pasividad de los órganos de justicia, los institutos de salud o los conflictos laborales, pero no podemos ser todo el tiempo los abogados del pueblo, pues no siempre el pueblo bueno tiene la razón, por ello nos corresponde verificar o tener cuidado con tanta situación que encaramos. Hay más cosas de fondo en los asuntos humanos por su naturaleza misma. Publicamos las cartas que nos envían, atendemos denuncias y damos seguimiento, pero no nos corresponde hacer directamente el trabajo policial de los gobiernos ni de las organizaciones no gubernamentales de derechos humanos. Nos arriesgamos a cometer más errores o provocar más injusticia donde ya la hay.

»Es duro saberlo, pero así son las cosas. Esos periodistas superhéroes del viejo cine ya no tienen cabida hoy. Ni los de la escuela de Hollywood o el realismo de Costa-Gavras. Que usted se meta en eso puede ser tan catastrófico como darle una columna de opinión a un jefe policiaco en activo. Haga una nota sobre la desaparición de su informante histórico y le daremos seguimiento, pero usted no debe estar presionando a los cuerpos policiacos con su querella personal, sería injusto para los otros desaparecidos que no tienen amigos en la prensa y debemos respetar sus rutas de trabajo, tal como ellos deben aplicarlo con las nuestras.

»Si se obsesiona más con esto, tendré que hacer lo que correspondería con cualquier otro trabajador de la palabra monotemático: cambiarlo de sección unos meses. Y si en su tiempo libre sigue interviniendo en la búsqueda y presiona a las autoridades, dejaremos claro a los demás y a usted también que esa no es ninguna postura de este periódico. Nuestra relación con los instrumentos del poder es muy difícil, accidentada, basada en la confianza y un respeto mutuo que constantemente ambas partes tratamos de mantener… Aunque en ocasiones debamos cruzar esa línea haciendo nuestra parte. Usted la está estirando demasiado.

Hablo y hablo. Pido favores. Reclamo unos antiguos. ¿Dónde estará ese hombre brotado de la tierra de quien es posible corra por sus venas una gota de mi misma sangre? Si anunciara que es un informante mío, los cuerpos de seguridad se apresurarían más a ubicarlo, pero también eso es ponerlo más en riesgo. Debo obrar con cautela, rapidez que se arredra en la paciencia.

Mi contacto en la llamada Unión Barrio Bravo, hermano descarriado de un reportero de la planta baja, dice que ellos de momento no se meten en asuntos de la calle de Dolores. Otro trabajador de talleres, responsable de alimentar con rollos de papel las rotativas que ya no rotan pero que seguimos llamando rotativas, se ofrece a consultar a un grupo que se nombra Los nuevos Panchitos y que podrían ofrecer su mediación. Hace poco lograron aparecer a un vecino suyo de profesión taxista que repartía droga para completar la rendida y fueron más eficientes, discretos, que esos jefes policiacos que le deben modestos favores a la redacción.

—¿Cuál era el *género* que manejaba del Sapito? Es otra pregunta novedosa. Ayudaría saber qué tipo de droga y bolsitas usaba. ¿Pequeñas transparentes, engrapadas, negras como papel carbón o grandes como de polvo para hornear? ¿A poco usted no consume, licenciado? Los distribuidores que traen coca de Sinaloa emplean bolsas más reportadas que la mayoría de los locales, pero es más cara por su calidad, la neta. Hay un *poosher* al que llaman El ecologista porque de plano usa bolsas de papel que de pronto se llenan de humedad con el hálito de la madrugada. Antes vendía cigarros de mariguana trenzados con papel de las Biblias que le regalaban en los centros cristianos de desintoxicación. De todo se ingenia la flota de la ciudad para encontrar el varo. Pinche ciudad. Uno solo vive para corretear la chuleta, sobrevivir al tráfico vial y poner comida en la mesa. Nunca debemos olvidar que eso es lo primero. El vicio y la francachela vienen después.

El viernes por la noche aparece una información por el lado más inesperado. Uno de los trabajadores nocturnos, diseñador de páginas y encabezados, tiene su propia imprenta familiar y les maquila talonarios y facturas a jacarandosos antros nocturnos que, por ley de giros negros, usan papelería foliada. Como siempre le adeudan o le pagan a plazos, suele ir a cobrar los viernes por la noche, cuando los sitios están a tope y hay efectivo en la caja. Ahí escuchó algo, dando su rondín recaudatorio.

Me dice que lo acompañe en su coche a hablar con alguien. Desconfío, pero acepto porque parte del asunto es que yo asista a escuchar en persona al informante: todo informante profesional sabe que de oídas o segunda voz las referencias pierden credibilidad, y, para hacer el servicio completo, hay que llevar al interesado al lugar de los hechos a hablar con el personaje en turno y que palpe la realidad del dato.

Avanzamos en la noche hacia el Kon Tiki, que se llamó un tiempo El King Kong, antes el King Creolé, y mucho antes El Tiko Tiko o la Pulquería Teoloyucan. Los sucesivos cambios de nombre revelan un historial de borrón y cuenta nueva, aunque de seguro la licencia de alcoholes es la misma de los tiempos en que los dorados de Villa pagaban la cuenta a balazos y los zapatistas, con monedas de plata sacadas de sus paliacates olorosos a surco y fresca tierra de Morelos, la tierra que levanta una caña muy dulce y fue el vivero de la sincera y honda lucha agraria, el estado que arrasó Pablo González, el mismo general que habilitó a La banda del automóvil gris que sigue activa con otros nombres, otros uniformes, otras máscaras.

Pido un ron. Me dice Baldo, que es el nombre del impresor, que ahí nadie nos contactará. Solo tomaremos un trago para que la persona nos ubique y él se nos aparezca más adelante. Aunque ese es el *modus operandi* de no pocos secuestros, sigo las instrucciones porque Baldo me inspira confianza y veo difícil que se preste a apoyar la desaparición de un compañero de trabajo en el diario. Más aún si otros compañeros saben del encuentro.

Salimos. Me dice que nos demoremos con una señora que vende garnachas ante un anafre chispeante de grasa donde no pocos borrachos se anticipan a la resaca con la ingesta de poderosas calorías. Revolotean la flora, la fauna y la mineralogía nocturna de la zona. El enfermo de SIDA que pide ayuda para sus medicamentos, el taxista de mirada codiciosa, el guardia del cabaret que se fuma un cigarro ante las carcajadas de una señora que ayuda a amasar harina de maíz a la viandera. No consumimos, solo nos quedamos de pie en esa esquina y sin decirme nada subimos al coche; él se sienta frente al volante dándome a entender que no nos vamos a mover y nos quedamos así unos minutos, sin hablar, con vidrios y ventanas abiertas.

Entra un hombre sin anunciarse por la puerta detrás de mí y, en esa oscuridad, comienza a repartir verdades. La cosa es sencilla y rápida. Los sinaloenses de la camioneta gris ni siquiera son sinaloenses. Es un nuevo grupo de narcomenudistas que se han proyectado con el éxito de sus redes y se manejan como cártel. Vana mentira, no es más que una estructura piramidal de tres niveles que sus mismos mandos internos imaginan infinita y todopoderosa. ¿De dónde son? De Texcoco, de Industrial Vallejo, de Narvarte o el municipio Cabeza de Juárez y hasta de Atlacomulco. De todas partes y ninguna; el nuevo mercado de la droga los tiene unificados. La caída de los grandes capos fragmentó los cotos de poder. Con GPS, redes sociales encriptadas y dinero virtual, señorean zonas de distribución y extorsión a comercios antes no invadibles. Pueden entrar dos noches a atacar un área de otro grupo delincuencial menor o desprevenido, nutrirse, repartirse y desaparecer. Los nuevos Atila. Usan la camioneta gris solo para impactar, luego del trabajo de las infanterías o dar a bordo golpes maestros de ataque: su verdadera cualidad es ser invisibles y mantenerse asimétricos. Su fortaleza, el pacto verbal con los gobiernos y un fondo reptil que va y viene. Ese es el secreto y la regla de todo grupo de crimen organizado: no pueden existir sin un acuerdo con el poder político establecido. Dos huracanes que chocan en el Pacífico y destruyen todo a su paso no son dos fuerzas distintas en pugna, son la misma y ninguna se da sin la otra. Así se torció el remolino de la Revolución mexicana.

El informante entra en materia.

—A José Preciado —me asusta no solo que no use el apodo de Sapito, sino que pronuncie su nombre con el tono reverencial con que los mexicanos mencionamos a los muertos— le tocó una de esas incursiones devastadoras de la camioneta gris. El *raid* tomó por sorpresa a la calle Dolores y solo cazaban un objetivo: a él. Tres hombres entraron al Chantecler y salieron con el Sapito, trepándolo a la caja de la camioneta y desapareciendo rumbo a la avenida Fray Servando. Tomaron una desviación sin cámaras habilitadas y, al parecer, entraron a un edificio a cambiar de vehículo o lo encerraron en un búnker clandestino en esa zona. Los informantes no encuentran aún referencias, pero es posible que siga vivo. Salvo que José Preciado, alias Sapito, estuviera involucrado en algo más grueso, a los seres inofensivos como él suelen dejarlos ir porque son almas sencillas, incapaces de denunciar ante la ley y que desaparecen por sí mismos, cambiando de colonia o volviendo por unos años al pueblo donde surgieron sus raíces. Pero el caso de José Preciado es complejo: un amigo ligado a la Unión Barrio Bravo, que maneja un establo de boxeadores, traerá información pronto. Es muy importante para nosotros mantener una relación positiva con la prensa —añade— para darle valor al favor que me están haciendo. Si sigue vivo, todo es negociable.

Escucho, proceso la demasiada información y me dejo caer hacia atrás en el asiento del vehículo. Mi espalda estuvo tensa mientras escuchaba, casi como si una daga sin filo creciese junto a mis riñones y al moverme revelara su filo. Me preparo mentalmente a esperar un rato a que aparezca el promotor de boxeo, pero resulta que ya está entrando al vehículo por la puerta trasera al salir nomás el otro. Lleva una gorra de beisbol y habla sin mirarme fijamente, con la vista hacia el fondo de la calle.

—Malas noticias, jefe. Prepárese. La banda de la camioneta gris se llevó a José Preciado, el Sapito, al bar Barbanegra, esposado. Al llegar, cerraron la calle, sometieron a los de seguridad de la entrada y se metieron cruzando la pista de baile hasta plantarse frente a una mesa donde bebían cinco jefes del grupo de Los Tijuanos, que celebraban una alianza con sus buenos pomos de Bacardí blanco, Buchanans y mezcal Daxandra. Pero no iban sobre ellos, aunque la operación de sacrificar un peón les sirvió de aviso. Sí, entraron los hombres llevando a tumbos al señor Sapito bien esposado entre la gente que abarrotaba el sitio.

»En seguida de esos nuevos jefes que le cuento que festejaban, estaba Tirso Balmaceda, el Arrayán Parado, un norteño que iba mucho a la calle de Dolores y andaba meando entre dos aguas: les jugaba chueco al grupo de la camioneta gris y a los otros de la Gente nueva. ¿Para qué llevaron al Sapito? Nada que ver con su investigación, patrón. Ni con su relación con ustedes. Simplemente lo esposaron para que identificara al Arrayán, ya que de ese tipo no hay fotos ni nadie lo conocía, salvo el Sapito, que era su cliente en los baños y comenzó a venderle la coca del norte de Colombia que este bato le conseguía. Nomás lo señaló el Sapito y ahí mismo lo mataron a quemarropa. Los Tijuanos se pegaron un santo pedo con la ejecución y sus guaruras actuaron sin que hubiera más tiros. Claro que de este asunto ya no se supo nada, ni en denuncia ni en los medios, donde, con todo respeto, usted trabaja, mi jefe. José Preciado fue secuestrado para que identificara a un tipo del que solo él podía dar la descripción exacta. Esto se lo compartimos a usted como una petición especial de un valedor amigo suyo, pero por esta cruz que llevo en el pecho y otra en la espalda que todo son puras netas. Y lo comparto porque fue un enjuague bien Kool Aid lo del Sapito, quien era gente buena, de la nuestra, de los que nacimos en la calle y a puros trompos alcanzamos el varo. Yo, en lo personal, tuve que ponerme bien chachalaco esa noche cuando me enteré, porque sí son cosas que duelen. Él no hacía mal a nadie, solo el bien, la buena conversación en paz y con nobleza, y me da gusto que haya aparecido usted como primo suyo, qué bueno que Sapito tuvo parientes con educación y de importancia como usted, que se preocupan por él, pero lamentablemente, no podemos resolverlo todo en esta tierra ni en esta vida.

»Mire, eso no es todo, Sapito… como que ya se las olía. Le dejó encargado unos pendientes a la señora Matilde Santos, *La Chihuahuita,* la que vende tortas de tamal en la calle de López y que un poco era como su mamá en emergencias. Hay una carta para usted, una tarjeta de ahorros que le dejó a la señora y la llave de una bodega que le prestaban al Sapito para irse a dormir los fines de semana. Yo creo que la tenía invadida o heredada a la sorda porque llevaba años entrando y saliendo de ese edificio, que es una nave industrial abandonada, atrapada entre otras construcciones nuevas. O como que el dueño lo dejaba medrar ahí para ahorrarse un velador y las consabidas preguntas. Vaya con doña Matilde, ella pone su canasta en unas horas, al empezar a clarear, porque sus

clientes son los últimos parranderos amanecidos y los primeros barren-
deros y oficinistas que llegan a sus santas labores por estos edificios vecinos a la Alameda Central, los rumbos de nuestro querido José Preciado,
el Sapito, que en paz descanse, Diosito lo tenga en su gloria, quién sabe
dónde lo habrán dejado estos desgraciados. Parece ser que los de la camioneta gris avientan sus cadáveres por el Bordo de Xochiaca, a la altura
de los basureros clandestinos que maneja Matías, el supremo rey de los
pepenadores del rumbo que hace poco armó pleito con la pandilla del
Rey de los gitanos. A ver quién nos protege de esa guerra que se avecina.

Pienso en la manera en que la masa informe de este país no tiene nombre
hasta que les llega su hora. José Preciado, el Sapito, toda la vida con un
apodo jocoso, el nombre de un animal, y en un diminutivo cariñoso que
al mismo tiempo lo disminuye y se vuelve como un aviso, un santo y
seña, de que quienes traten con él toparán con alguien bueno y amable,
porque si fuese un hombre agrio y agresivo, no tendría ese diminutivo
su divisa. Los egipcios daban mucha importancia al nombre y para ellos
era uno de los seis componentes del espíritu humano; una persona podía
tener varios apelativos a lo largo de su vida, diferentes apodos encimados
que forjaban su imagen y carácter, así como hoy en día alguien que sea
personaje de barrio, delincuente o deportista, va cambiando sin querer
su nombre. Por eso los faraones lo dejaban escrito en todos los sitios y el
peor castigo era borrarlo de todas partes, fueras Akenatón o Moisés,
el descendiente de José. Personajes modernos como Sun Yat Sen, el
Franciso Madero de la Revolución china de 1900, tuvo varios nombres
en vida y aquel con que lo conocemos en Occidente no es el mismo con
que se le recuerda hoy en China. Hoy ya no existe en Japón el emperador Hirohito que se alió con Hitler y Mussolini: su nombre es Showa.

Puedes llamarte al nacer Imn htp, luego Amen-Hotep, que en el
antiguo idioma egipcio significa "Amón está satisfecho" o "Hágase la
voluntad de Amón". Pueden nombrarte Nefer-Jeperu-Ra Amen-Hotep: "Hermosas son las manifestaciones de Ra", "Amón está satisfecho"
y "Tu nombre seguirá mutando hasta la muerte". Pero si eres un

mexicano de la calle, puedes ser Juan Flores, luego el Viruelitas, si una enfermedad te marca el rostro, después el Águila, si te revelas bueno para el billar y la carambola; más adelante: el Taxista, al tener un oficio honrado por treinta años, y en el margen puedes ser para algunos de tu clientes "mi niño" porque con esa frase le saludas. Al retirarte y tener una tienda, serás don Juan, y el día de tu muerte solo sabrán algunos que tu nombre es Juan Bautista Flores Chimal, y al poner tu esquela tus amigos escribirán abajo en son de broma respetuosa y comillas "el Viruelitas" para que tus pocos amigos de infancia ubiquen que el funeral, anunciado en la iglesia de San Hipólito, corresponde a ese ser que vieron de cerca, y de lejos, sin conocer del todo, y que ahora marcha hacia el polvo.

Pero José Preciado, el Sapito, ni siquiera tendrá ese último aplauso, esa graduación de la universidad de la vida que es un funeral familiar. Su tumba no tiene nombre y será suelo inconstante en el lodo del Bordo de Xochiaca o el antiguo tajo de Nochistongo. Perros vagabundos serán sus únicos acompañantes.

Al menos, eso acontecía con los antiguos guerreros aztecas derrumbados en el combate. Aquí nos tocó morir. Qué le vamos a hacer. Nos tocó vivir en una nueva guerra florida que nunca nos dará su fruto.

Página final del *Diario* de Fancisco Versolari

Antes de partir a España debo repartir mi escasa hacienda. ¿Volveré? Esta lucha por la democracia, esta masacre de caudillos y poderes regionales no tienen rumbo. Creímos que la "institucionalidad" (vaya nueva palabra) establecida por Carranza daría fuerza moral y política al movimiento y no fructificó así. Don Venustiano le otorgó con la nueva Constitución más facultades a la presidencia ante el Ejército para detener cualquier cuartelazo como el de Madero, pero enfrentó una no declarada "huelga de generales", cooptados por el sagaz Obregón, y ebrios de la corrupción del poder de los últimos años, y eso lo perdió. También su poco dominio de la totalidad del territorio nacional lo volvió siempre vulnerable.

¿Los años que vienen serán de una democracia violada a cada toque de clarín o una dictadura atrabiliaria de militares que, en vez de penachos y quepis de sarga, ostentarán sus sombreros de fieltro de caballería y ristras de hijos naturales, jurándose obedientes jurisconsultos? Al menos hay una Constitución que ya no será tan fácil ignorar y podrá servir de disuasor al que desee reelegirse o empeñar el país para enriquecerse con su camarilla; este tendrá que subir de nivel sus dotes políticas y cambiar la pistola por la Constitución, la tribuna legislativa en vez del balcón al frente de la plazuela. No podrán saquear habilitando bandas en automóviles. Es una constitución realmente moderna, mejor que las de toda Latinoamérica, y con un fuerte sentido de justicia social, pero ¿será suficiente? No existe el país perfecto; al menos habrá un orden en las leyes que no será tan fácil revertirlo. La Constitución del siglo XIX padecía de demasiado federalismo, que cuando no paralizaba al presidente lo obligaba a romperlo, como hicieron Santa Anna, Juárez y Porfirio Díaz. El propio José María Morelos tuvo líos con el simbólico Congreso de Anáhuac que lo regía. ¿Cuándo y cuánto podremos perfeccionar ese invento reciente llamado democracia?

Me siento harto, sabedor de vivir el fin de una época. Veo llegar a los norteños a sus nuevos cargos y sus jóvenes escribientes, exultantes de caminar el adoquín de piedra volcánica de la ciudad, felices de haberla dominado, entrando y saliendo de cafeterías, las casas de joyería en la calle de Plateros o la propia Casa del Obrero mundial, que desde 1915 está en la Casa de los azulejos, el viejo Jockey Club de la élite de hacienda pulquera, vestida a la moda vienesa. No es mi sitio, y hace menos de diez años, bajo esos muros artesonados me sentí en mi elemento, cruzando la pierna en la silla de madera taraceada que perteneció a Ignacio de la Torre y Mier.

Creíamos ser la llave del cambio. Fuimos la llave de un arcón de ladrones. A caballo, en automóvil, en cualquier cosa que se moviera y permitiese la huida. Ahora no tenemos a dónde ir porque no nos queda nada. ¿Hacia dónde iremos dentro de cien años? ¿Cuándo se detendrá el carro de la revolución para deshacerse de los nuevos delincuentes de esta nueva banda del automóvil gris que usa letrados en vez de prófugos? ¿Dónde están las llaves, la manivela y la palanca de ese cambio? No aquí, ni en este momento. La generación de la gran oportunidad perdida.

Coda: *La Bande de l'auto grise*

Ya son varios días en los que no paso por mi oficina ni reviso mi escritorio. Descubro una nota de uno de los nuevos reporteros, un becario eficiente y docto en lenguas extranjeras, a quien puse a buscar información sobre el origen de La banda del automóvil gris y su hallazgo me deja en azoro. No somos tan originales. Ya existió poco antes en Europa una banda similar a la del automóvil gris y también le coronó la efímera gloria del cine. Todo lo nuevo, bueno y malo nos venía de París. Pero allá no medró una gavilla ambiciosa de joyas y poder manipulada por militares metidos a administradores de orden y justicia; la contraparte original tenía un sentido político y revolucionario, incluso debutaron asaltando a un sacerdote. El anarquista Jules Bonnot era el líder de ese grupo. Ellos perpetrarían el primer asalto a mano armada del mundo abordo de un automóvil, el 21 de diciembre de 1911, contra el banco de la *Société générale,* en la Rue Ordener. Su botín, 20 000 francos en billetes y varios relojes de oro.

En ese tiempo, la romántica policía de París solo se desplazaba a pie, en caballo y bicicleta. Los civiles armados a los que enfrentaban —infractores, como se le llama cuidadosamente ahora— marchaban muy por delante de ellos en cuestión logística y tecnológica. Usaban vehículos de la compañía De Dion-Bouton, que en 1900 era la más importante del mundo y, para 1906, lanzó un motor monocilíndrico con la inédita capacidad de ocho caballos de vapor. A esa velocidad ningún gendarme lograría alcanzarlos, por más que sonase su silbato y corriese a paso de ganso por los orgullosos bulevares.

Esto marcó el inicio de una racha de atracos que se prolongó varios tremendos meses, hasta que el propio Bonnot fue ubicado en una finca-hangar en la comuna de Choisy-le-Roi y sitiado a piedra y fuego. Un largo asedio, dirigido en persona por el prefecto de la policía, Louis Lépine, y bajo el mando del capitán Pierre Riondet y el teniente Félix Fontan de la Guardia Republicana. Se acercaron cada vez más tropas diversas, hasta un regimiento de zuavos apoyados con la muy novedosa ametralladora Hotchkiss. Como no lograban someterlo, los jefes policiacos le arrojaron una carga de dinamita usando una carreta de heno. La muerte no accidental de un anarquista.

Herido de muerte, Jules Bonnot alcanzó a escribir una carta testamento, tratando de exculpar a varios miembros de la banda, mientras soldados y policías rompían las ventanas para llegar a él. Todavía logró recibirlos con tiros, oculto entre dos colchones. Fue llevado al hospital Hôtel-Dieu en taxi porque aún no se inventaban las ambulancias, y ahí murió, poco después de llegar. La foto de su cadáver sin camisa y los detalles de su autopsia se publicaron en *Le Petit Parisien*. Si hubiera acontecido esto en México, tarde que temprano le habrían compuesto un popular corrido, pero esto fue en una rígida Francia que apenas acababa de separar su estado de la Iglesia, se remordía del escándalo del Caso Dreyfus y, muy pronto, sería apabullada por el Imperio Alemán en la Primera Guerra Mundial. Para evitar la derrota en el Marne, a las puertas de París, el gobierno requisó todos los taxis y mandó un contingente de soldados en la casi desastrosa primera batalla.

Al igual que su versión mexicana, los miembros de esta banda del automóvil de París llegaron veloces al cine y, en 1912, su película se volvió en un éxito de dos episodios, titulados *La banda del automóvil gris* y *Fuera de la ley*. No dudemos que a nuestros asaltantes mexicanos se les ocurriera la idea del *modus operandi* viendo esa película del catálogo Pathé, que se exhibió en las barracas cinematográficas de la Ciudad de México. Triste ejemplo no de una realidad imitadora al arte, sino de la realidad replicada para otra realidad, pero más como tragedia, con más impunidad, más oportunismo político. Imaginemos a Pablo González de la mano de Mimí Derba ante esa película, bajo una penumbra accidentada por resuellos de luz y el traqueteo tictac del proyector.

El Lancia Torpedo de los mexicanos era más veloz que el De Dion-Bouton de *La Bande de l'auto grise*. Mientras que el vehículo francés aún se asemejaba un par de sofás techados, unido por dos bicicletas y equipado con faroles, el automóvil gris de la Revolución ya se presentaba como un poderoso y sólido rival para las carreras deportivas, las fugas y persecuciones policiacas, con faros y encendido eléctricos. En una escena de *Bandits en automobile* vemos como matan a un policía por la espalda al tiempo que uno de los delincuentes debe bajarse a darle vueltas a la manivela. El hecho real ocurrió en la Rue de Havre, barrio de La Madeleine, el 27 de febrero de 1912. Todo consta en archivos disponibles en la red.

Dejo de leer la nota. No somos nada originales, la enajenación cultural que tanto preocupaba a Hegel y a Marx no solo se daba por el contacto con la naturaleza o el impacto de los modos de producción capitalista, que convertían al ser humano en otra cosa distinta a su esencia: el cine llegó junto con la tecnología y la política a repicar las formas de delinquir en cualquier parte del mundo. Hasta es posible que nuestro automóvil nunca fuese gris y el nombre de la banda fuera tomado de las películas, como años después se llamaría *capos* a criminales no italianos o *rambos* a los mercenarios capaces de matar con eficiencia. El resto de la nota no ha sido traducida y solo tiene la biografía de Victorin Jasset, director de la película *Bandits en automobile*, quien había sido un decorador y vestuarista de teatros, y hasta había colaborado en 1901 con el teatro Bataclán, famoso por los atentados fundamentalistas del 13 de noviembre de 2015, perpetrados en París por la organización yihadista Estado Islámico.

Victorin Jasset, le réalisateur, débute comme décorateur et costumier de théâtre et fait les pantomimes à l'Hippodrome de Montmartre, futur Gaumont-Palace, dont Vercingétorix, pantomime à grand spectacle, donnée à la soirée inaugurale le dimanche 13 mai 1905. En décembre 1901, on le retrouve comme costumier de la revue *Les Avariétés de l'année* au Ba-Ta-Clan puis, en mars 1903, comme organisateur du cortège de la fête du Bœuf Gras dans le quartier de la Villette et enfin règle, en mai 1905 dans *Le Palais Hippique*, une pantomime équestre à la Galerie des Machines

Bandits en automobile est un film français réalisé par Victorin Jasset, sorti en 1912. Le film se compose de deux épisodes : *La Bande de l'auto grise* et *Hors-la-loi*. Fortement inspirée par l'épopée meurtrière de la bande à Bonnot, le film raconte les méfaits d'une bande d'hommes cruels et meurtriers (braquages, courses-poursuites, dénonciations, fusillades) et le siège du dernier repaire du bandit nommé Bruno (fusillades, dynamitage, corps à corps final)

La Bande à Bonnot est une organisation criminelle française de la Belle Époque, active entre 1911 et 1912. Formée principalement d'anarchistes et de marginaux, cette bande mêlait idéologie politique et criminalité. Elle est notamment célèbre pour avoir introduit des innovations technologiques dans ses activités, comme l'utilisation des automobiles et des armes à feu modernes, donnant ainsi naissance à un nouveau genre de banditisme motorisé.

La Bande à Bonnot a aussi cristallisé un certain romantisme anarchiste, mêlant désespoir et défiance envers une société perçue comme injuste. Leur histoire a inspiré de nombreuses œuvres culturelles, notamment au cinéma et à la télévision, immortalisant cette bande comme un symbole d'insoumission et de violence.

Epílogo y epitafio

—Esta llave fue del señor Sapito.

Me acompaña Yvonne Leduc. No puedo hacer esto solo. Sí, he vuelto a buscarla. La necesito.

La alta bodega que José Preciado, el Sapito, custodiaba, es una nave industrial abandonada desde 1923, cuya parte trasera era arrendada a una empresa que desde entonces se encargó de pagar su impuesto predial y mantenimiento exterior, gracias a un cómodo acuerdo de tintes fideicomisarios. Antes de acercarnos, mandé a Yvonne investigar con un reportero de nota roja, y ella me dio la gran revelación, luego de confirmar que el edificio no estaba vigilado por halcones de la mafia: al auscultar los documentos de la investigación de la muerte de Sapito y su expediente, Yvonne notó que este incluía escritos de la oficina del Registro Público de la Propiedad; todo este galerón de un gran valor, al menos como terreno por su ubicación, estuvo a nombre del señor José Bersolari (*sic*) Preciado, abuelo no reconocido de José Preciado y, por documentos encontrados en la vecindad donde vivía, se confirmó que a él le correspondía la herencia.

Pero nunca, en ningún momento, él o sus familiares iniciaron el proceso de reconocer legalmente la propiedad. Todo se dio por vía del hecho. Quizás no quisieron hacer ruido con este asunto o en algún momento el proceso se detuvo. O eran tan pobres que no tenían ni siquiera para escriturarlo y mucho menos pensar en vendérselo a alguien.

Sapito, el plomero de emergencia de la vida nocturna, era dueño de la gran bodega que "cuidaba" en ocasiones, según él, cubriendo las ausencias de un amigo velador para ganarse un dinero extra. Esa era su casa verdadera.

¿Cómo era posible eso? Quizás, como demasiadas personas de origen precario y desinformado, tuvo temor de iniciar un proceso y que al hacerse público aparecieran otros descendientes del bisabuelo —¡bisabuelo mío también!— que al menos legó esa herencia al hijo natural, antes de huir a España.

Si ese fuera el caso, su abuelo y su padre hicieron bien en guardar el secreto; mis tíos priístas de la época del autoritarismo político les habrían despojado de este enorme edificio, misterioso búnker de muros ciegos, cuya inmensidad es inimaginable desde afuera. Menos aún el aspecto sencillote y desamparado de mi lejano primo, José Preciado, el Sapito. Todo esto confirma que mi bisabuelo fue cuñado por vía del concubinato de ese Juan Preciado que fue detenido, pero no fusilado, con la famosa banda del automóvil gris.

Qué drama el de los hijos regados de la Revolución. Al menos Versolari les legó un patrimonio antes de esfumarse en el extranjero en espera de mejores tiempos, como en su momento hizo su paisano Manuel Bonilla. O Martín Luis Guzmán o el propio Vasconcelos… son bastantes los que tuvieron que irse. Pero, por fortuna, ese exilio para los mexicanos fue temporal, no tan cruel y absoluto como sería luego para los españoles de la Guerra Civil y los latinoamericanos pisoteados por sus dictaduras proyanquis, erigidas murallas anticomunistas, porosas gracias a la voluntad de una generación nacida con las venas abiertas. El peso de una historia que nos tritura.

Yvonne Leduc es hija de un arquitecto y reconoce varias señales de remodelación en el recinto, tal si fueran las huellas de un crimen. Evidencias: la bodega fue dividida y rentada en partes. Una esquinera, que da a la calle más concurrida, fungió como taller automotriz y las manchas de aceite se cortan abruptamente donde un muro colapsó hará treinta años o más. El tipo de ladrillo es más grueso que el de hoy en día. Otro rincón tiene un patio aún con rebabas de acero, tornillos ciegos y una esquina enrejada y con malla metálica, al parecer fue un cuarto para guardar herramientas. La familia Preciado vivió de esto buen tiempo y supo ser discreta; nunca sabremos si solo lo rentaban o armaban ellos sus propios emprendimientos. Sapito, al parecer, no tuvo capacidad para sacarla adelante, o tal vez la recibió tarde al ser ya un plomero de bares nocturnos. Misterios que se llevó a la tumba y cuyas cicatrices van apareciendo. Yvonne señala el rincón más insospechado y atascado de cajas con objetos de escritorio viejos.

—Allá hay una puerta con una cortina, disimulada con una lámina de aluminio. Vamos.

Genial Sapito. Es el cuarto donde vivió a ratos. Una cama de bronce y un ropero de madera taraceada de palo rosa. Nada que ver con la cartuja en la que vivía oficialmente, añade Yvonne con ternura. El hermoso minimalismo de la pobreza sin pretensión hace gala de las herencias inerciales. Un reloj de péndulo petrificado a las once en punto. El lugar es limpio, en especial donde reina una Virgen de Guadalupe, enmarcada en manchada plata con polvo de oro, impresa con técnica de tres colores y detalles a pincel de mano, ¿será virreinal? Hay un calendario intacto de 1976 con una colorista pelea de gallos y un plato de pared con un sonriente Papa Juan XXIII. Tiempo detenido. Una foto desleída de John F. Kennedy con restos de una veladora. Los botes de Nescafé y cajetillas de cigarros recientes son la única evidencia de que alguien entraba y salía, sin perturbar el decorado ni pasar de vez en cuando un trapo para mitigar el polvo, salvo en la mesa donde comía y brilla el óvalo de una lata de sardinas aún sin abrir.

—Hay más.

Sí: otra puerta aquí dentro, juego de espejos murales. Otro reducto inesperado porque la construcción ya parecía acabarse en esta covacha. Es un real bazar lo que se esconde tras esa puerta de doble hoja, un ajedrez de objetos en el desorden de una tienda de antigüedades bajo emparrados de sedosa telaraña, el confeti desigual de la pintura del cielorraso, caído con melancólica paciencia.

Candelabros de plata, esbeltas lámparas de bronce sin pantalla ni bombilla, semejantes a lanzas grecorromanas. Un cisne de porcelana decapitado.

Tres biombos en desorden que rompen la geografía de una escena de caza de un emperador japonés cabalgando entre bosques de cerezos a punto de florecer y brotes de garzas. Un árbol genealógico de botellas de perfume semivacías en un aparador, ordenadas de mayor a menor en cada habitáculo. Pequeños puñales y alfanjes en modalidad de abrecartas en bandejas de bronce, manchados por la misma grisalla. Cuatro lámparas de cristalería, muy distintas, pendientes de una varilla, sostenida por dos sillas de alto respaldar en posición opuesta. Pomos de loza para boticas con pinceladas de azul cobalto con nombres en francés de bromuros y sales medicinales. Un yelmo de niño, exquisito, cincelado en bronce, ¿juguete clásico o manufacturado para procesiones de Semana Santa en el papel de guardia romano? Coches de pedales de gruesa lámina, un triciclo descomunal para un preadolescente que no conoció ruedas suplementarias para aprender a equilibrarse; vajillas de talavera con diseños barrocos; seis cuadros de damas lánguidas que fueron hechos por un mismo autor que oculta su impericia para dibujar manos colocándoles un ramo a cada una, como sostenida ofrenda *trompe l'oeil*.

Por allá hay un largo bastón con cabeza de caballo que no es para un vejete melancólico, sino que es retráctil y se le puede añadir un plumero para desempolvar anaqueles… Bustos de pensadores griegos y músicos europeos, en posición de castigo, mirando a la pared donde sobrevive un anuncio de lubricantes, el cual confirma anteriores usos de la estancia menos filosóficos. Un jarrón chino, tan grande como una barrica de pulque, que un niño ha arruinado trazando líneas con navaja hasta donde su altura se lo permitía en algún tiempo inmemorial. Delantales masónicos sobre una estatua sin rostro; primorosos floretes y sables profesionales de esgrima, dentro de una arruinada bolsa para palos de golf; raquetas antiguas, aún en su prensa triangular de madera para guardarse, sin que se doblen con la humedad; varios tableros de ajedrez de jade y las piezas de guerreros aztecas y coraceros españoles, cada uno en su escaque, con precisión de súbita batalla. Soldaditos de plomo que se confunden entre ellos con caos de uniformes de diversas naciones europeas y no pocos a la usanza de los jinetes chinacos del México republicano. Allá, en el fondo, vigila una armadura medieval, ensamblada con hojalata y torpeza notablemente localista, pero la espada que se le ha colocado entre las glebas revela más prosapia, más fuerza mineral, más entereza de cuna, como gritando que ese sitio no le pertenece; arrancada víctima que no fue capaz de ser clavada en el uniforme del ladrón que la sustrajo, un ladrón de La banda de el automóvil gris, armado de falsas órdenes y salvoconductos.

—¿Dónde estamos? —descubro mi voz estragada.

Yvonne está fascinada.

—No hay duda: son los tesoros perdidos de la banda que tanto te ha obsesionado.

¿Será? Quién sabe. Vemos anaqueles vacíos sin algún libro. ¿Se habrán vendido poco a poco en las librerías de Donceles y Madero o salieron en masa dentro de costales a las fábricas de papel? Más y más objetos disímbolos. Un cartel del Circo Medrano de París anuncia a un payaso alemán, una escuadra de jinetes mongoles auténticos que realizan acrobacias y a una delirante javanesa que escupe fuego en lo alto de un columpio giratorio, sostenida solo por su cabellera vuelta un nudo japonés de geisha aérea. Ahí hay un cuaderno reciente con el nombre del Sapito y vemos que no es un inventario, sino un control de estas cosas que, por largos años, él y su familia vendieron al menudeo en bazares, en el mercado de la Lagunilla, la Merced, el inmenso mercadillo del barrio de Tepito cuyas lonas se ven desde el avión como una serpiente anaranjada dominando el mapa de la Ciudad de los Palacios.

Todas estas piezas que no fueron descubiertas por la policía y los gobiernos les dieron sustento a ellos, abandonados nietos de Pedro Páramo, y la libreta de control —me dice Yvonne con astucia femenina fuera de control— es para poder vender los objetos en distintos sitios, sin repetir la tienda o vendedor, para no despertar sospechas.

Qué astutos, geniales, nunca llevaban un objeto a vender a un mismo sitio en tres meses y daban precios bajos para que el producto saliese rápido y no sospechase nada el vendedor, ya fuese un coleccionista, un puesto callejero o la simple señora de postín a la que tocaban a su puerta vestidos de ingenuos chatarreros.

La libreta —¡son varias!— es indispensable para no repetir clientes, y a veces usaban intermediarios para ocultar la ruta de la procedencia.

Carajo, hay piezas que fueron llevadas al Monte de Piedad a empeñarse y se dejaron perder para ganar dinero de inmediato y no despertar sospechas. ¿O lo hacían para que un valuador experimentado les diese el precio real de un objeto?, ¿o solían dejar algunos empeños de vez en cuando para despistar? Me recuerdan a un tío gambusino que sacaba oro en los ríos de Sinaloa a la manera artesanal, pero que nunca canjeaba sus pepitas y polvo de oro en Mazatlán, sino que se iba hasta Guadalajara para que nadie lo siguiera y diera con su discreta veta. Una forma secreta de vivir largos años, sin secar de golpe, el golpe de suerte que mantuvo a su vera a la pobreza.

Yvonne luce emocionada. Ha iniciado la caída del sol y este, por los ventanales oblicuos de la nave industrial, traza sobre el muro y su cabellera el mapa geométrico de esa cristalería añosa, a ratos interrumpida por la falta de un visillo o tragaluz que conforman una abstracta composición. Los espejos y bronces esparcidos por esa cueva de los cuarenta ladrones de la Revolución mexicana han iniciado su competencia de brillos con la iluminación vespertina. Yvonne es una flama.

Me acerco a una estatua de un mármol que, de tan blanco, luce azul, y su base es de otro tipo de mármol, rosa veteado, que está colocada de espaldas y es fácil adivinar que representa a una pareja de amantes arrebatados a una imaginable arcadia; zéfiro o ninfa, Dafnis y Cleo, Paolo y Francesca, Pablo y Virginia, quien sea, quién sabe; la base de mármol rosa revela una moldura de brillo jaspeado donde sobresale una faceta, minúsculo cajón de roca, algo que funge como sigilosa gaveta. ¿Dónde vi eso? ¿En una visita a un anticuario? ¿Dónde supe de una pareja de amantes incestuosos que se dejaban recados a los pies de una estatua en una mansión llena de jardines y recovecos con palmas, pabellones de estuco y enredaderas, para esconderse como diosecillos adolescentes de los taimados adultos? La inspiración me hace empujar el rectángulo de mármol hacia dentro y, dotado de un reflejo, sale hacia afuera y se revela plano, grueso como lápida, cual gaveta para tener a mano documentos en un escritorio o *secreter*. Un papel, amarillento como ala de mariposa disecada aguarda doblado ahí, en espera de que alguien lo lea. ¿Cien años ha cumplido aquí esta misiva? Puede ser. El siglo del automóvil gris ha transcurrido, se ha marchado, pero aún fluye por algún lugar la esencia de sus víctimas. La caligrafía es breve, garigoleada, como las cartas y documentos antiguos que tanto he indagado; no le faltan aires de travesura a los trazos, mantiene ya una gota de picardía íntima, una ligera curva al cerrar las letras redondas, la mancha esférica al final de quien escribió de prisa, sin usar papel secante de lino o de fina estraza: *Te espero más tarde en la cisterna. Ven. No te tardes mucho. Está muy fresca el agua…*

FIN

Agradecimiento a los cimientos
de este libro

Un asunto tan vivo como la Revolución mexicana siempre estará bajo revisión y revisionismos, además de la ya mencionada forja en bronces oficialistas o las fantasmagorías de los devotos de una visión romantizada. Es, entre esos claroscuros y rendijas de la historia, que aparecieron fenómenos como el a veces inexplicable caso de La banda del automóvil gris, primer drama de una delincuencia organizada apoyada por el poder político temporal y, además, dotada de nuevos avances tecnológicos y un falso blindaje legaloide. Este libro es el inevitable resultado de una inmersión en esa compleja entelequia y solo se podía escribir de esta manera. El escritor debe desenmascarar las mentiras del mundo, pero también, y siempre, correr el riesgo con esas mentiras que nos contamos a nosotros mismos.

***

En el orden del alfa y el omega, quiero reconocer el trabajo previo de historiadores como Ramiro Arredondo-Hernández, José Felipe Coria, Gustavo García, Carlos Isla, Héctor de Mauleón, Jean Meyer, José Emilio Pacheco, Aureliano de los Reyes, Paco Ignacio Taibo, Alfonso Taracena y José C. Valadés. Son los que están más presentes en esta casi olvidada subtrama del remolino que a todos nos levantó.

Dos mujeres no deben faltar: Bertha Gamboa de Camino, estudiosa de la novela de la Revolución Mexicana y poderosa musa del poeta León

Felipe. Y el breve libro *Realidades*, de la propia Mimí Derba, personaje de este libro, publicado en 1921. No existe ninguna reedición.

En la página legal de este libro se agradece el apoyo del Fondo Nacional de las Artes y del Sistema Nacional de las Artes. Es justo mencionar a los miembros del jurado: Orlando Ortiz, Gerardo Kleinburg, Dante Medina y Marco Perilli, nunca nos acordamos de ellos, los galardonadores, y yo conozco en persona a uno solo. Gracias por su lectura y apoyo y más en el caso de este libro que busca darle nombre a aquellos otros que andan sin nombre por el sendero de la historia.

Otros agradecimientos son para los amigos Raúl Rico González, Rafael Mendoza Zatarain, Miguel Ángel Díaz Quinteros y Manuel Iván Tostado. A Martín Solares por su pluma que sabe escribir y dibujar. A Karla Valero, Ian Rainieri y el resto de mi gran familia.

Muchas gracias a Antonia Kerrigan Miró, a Claudia Calva, a mi viejo amigo Andrés Ramírez y en especial a Ángela Olmedo Ayuso, hilandera minuciosa tras la urdimbre secreta de este inextricable libro.

Índice

Esta obra se terminó de imprimir
en el mes de octubre de 2025,
en los talleres de Impresora Tauro, S.A. de C.V.
Ciudad de México.